塔拉尼斯之鹰

［英］艾利克斯·伍尔夫 著

张秀娟 译

浙江出版联合集团
浙江文艺出版社

Iron Sky series Dread Eagle ⓒ The Salariya Book Company Limited (2019)
The simplified Chinese translation rights arranged through Rightol Media（本书中文简体版版权经由锐拓传媒取得 Email:copyright@rightol.com）
版权合同登记号：图字：11-2016-410 号

图书在版编目（CIP）数据

塔拉尼斯之鹰 /（英）艾利克斯·伍尔夫著；张秀娟译. —杭州：浙江文艺出版社，2019.1
 ISBN 978-7-5339-5424-6

Ⅰ.①塔… Ⅱ.①艾… ②张… Ⅲ.①儿童小说—长篇小说—英国—现代 Ⅳ.①I561.84

中国版本图书馆 CIP 数据核字（2018）第 233418 号

塔拉尼斯之鹰

作　者：〔英〕艾利克斯·伍尔夫
译　者：张秀娟
责任编辑：童潇骁
封面设计：李　佳
插　画：兰　洋

出版发行：浙江文艺出版社
地　址：杭州市体育场路 347 号
网　址：www.zjwycbs.cn
经　销：浙江省新华书店集团有限公司
印　刷：杭州广育多莉印刷有限公司
版　次：2019 年 1 月第 1 版　2019 年 1 月第 1 次印刷
开　本：880 毫米×1230 毫米　1/32
字　数：153 千字
印　张：8.375
书　号：ISBN 978-7-5339-5424-6
定　价：29.00 元

（如有印、装质量问题，请寄承印单位调换）

1. 英国皇家空军北方舰队遇袭处。

目录

序　言 /1

第一章　女飞行员 /7

第二章　会思考的机器人 /13

第三章　方程式 /21

第四章　实验室 /29

第五章　黑暗中的身影 /39

第六章　苍穹姐妹团 /47

第七章　生死营救 /56

第八章　幸存者的故事 /00

第九章　任务 /67

第十章　搜寻 /71

第十一章　恐怖云团 /77

第十二章　巨鸟 /83

第十三章　空中总督 /88

第十四章　不速之客 /95

第十五章　以太盾生成器 /100

第十六章　现场演示 /106

第十七章　第二天早上 /117

第十八章　恶魔计划 /122

第十九章　刑讯室 /128

第二十章　疑点重重　/135

第二十一章　法国女孩　/139

第二十二章　建筑平面图　/145

第二十三章　逃跑计划　/150

第二十四章　约会　/157

第二十五章　生病的孩子　/163

第二十六章　云团工厂　/169

第二十七章　心之痛　/175

第二十八章　机械手　/185

第二十九章　魔法图片秀　/191

第三十章　搏斗　/197

第三十一章　爆炸　/202

第三十二章　战斗　/208

第三十三章　满腹恨意的姑娘　/214

第三十四章　起义　/220

第三十五章　正殿　/226

第三十六章　喷火的鸟　/233

第三十七章　告别　/239

第三十八章　死亡天使　/246

第三十九章　对话　/253

第四十章　值得付出生命的飞行　/256

序　言

无敌的蒸汽，精良的装备！

可牵船慢行，可驱车疾驰。

载运飞艇，挥展双翼，划破长空。

　　　　　　伊拉斯谟斯·达尔文　1781年

1845年5月1日

　　拿破仑·波拿巴站在工地高高架起的钢架上。他患有关节炎的手，曾经挥舞着利剑，现在却紧握着拐杖。无论是实际年龄，还是从容貌上看，他都已经七十五岁了。尽管身材发福、白发苍苍、满脸皱纹、面色暗沉，但从他深邃犀利的眼神中，仍能看到半个世纪前那个第一次征服世界的年轻人。

这次巡视的引导员用手指了指钢架栏杆那边的景象。"请看,那就是'泰坦'!"他煞有介事地宣称道,"一个月后,'泰坦'的建造即可完工。到那时,她将是所有升空的飞船中最庞大最强悍的。"

拿破仑目光刚毅,全神贯注地审视着那景象,神情与他从前在战前研究战术时一模一样。在教堂般大小的大厅里,一艘飞船借助巨大的液压悬臂从屋顶悬吊下来。飞船庞大的金属身躯占据了整个空间,船体四周大部分地方搭着木质脚手架。上面有数百工人正在工作,从地面望去,他们宛如蚂蚁般大小。大型吊车把铁梁举吊到这些脚手架站台上。工人们身上系着安全带,从屋顶吊下,攀爬在巨大的飞船骨架上,忙着焊接大梁,不时激起阵阵火花。

拿破仑转向他的外交部长塔列朗,塔列朗本不愿意陪同巡视。他的年纪甚至比拿破仑还大一些,多年来,早已离不开轮椅。工人们工作时,工具碰撞发出咔哒响声,震耳欲聋。拿破仑为了让人听见,只好提高嗓门说话。他朝塔列朗喊道:"朋友,我带你来这儿,是想让你亲眼见见我们的成就!"

"确实震撼!"塔列朗疲惫地点头应道,"但我还是认为,现在不是进攻英国的好时机。"

"在你看来,时机永远都不合适!"拿破仑怒吼道,"我可能活不过一年,甚至一个月,所以我的医生们一直告诫我注意休息。如果我必须一直等,等到你说一切准备就绪的时候,那我就要在棺材里指挥战斗了!"

"我们自己国家内部的问题就够多了,"塔列朗坚持说,"不必再冒险进攻别国,增加难题了。维也纳、布拉格和马德里的街上,到处都是民族主义的暴徒。他们需要食物,还要求得到政治权利。我们可能又会面临1830年的境况……"

"人是永远不会知足的!"拿破仑怒喝道,"我已经赐予他们《拿破仑法典》,保障他们在法律面前人人平等,并享有人身自由和平等的受教育权,他们还想要什么?"

"吃饱饭。"塔列朗轻声说。

"那好,我们很快就可以给他们食物。我们会从肯特郡、苏塞克斯郡和汉普郡肥沃的土地上,夺得大量食物。"

"您觉得英国会那么容易就把这片领土割让给我们吗?"

拿破仑指了指面前的飞船。"他们别无选择,尤其是在'泰坦'装上以太盾后。有不朽之盾护体,这艘伟大的飞船将直抵大英帝国的心脏——伦敦。我们会从空中炸掉纳尔逊纪念碑!"一想到这些,他便陶醉不已,"那将是对特拉法尔加海战最好的报复!"

其实,那位引导员一直在仔细偷听着他们两人的谈话。随后,他把头盔递给拿破仑、塔列朗和他们的私人贴身保镖。"请问阁下们打算巡视工厂吗?"他一边问道,一边彬彬有礼地带领着这四位尊贵的参观者走向电梯,"我可以向你们展示飞艇吊舱的建造之地。那可真值得一观!"

在不远处的一个房间里,真正的巡视引导员被死死地绑在椅子上,嘴里塞着封口布。他痛苦地叫喊,可是一点声音都发不出来。这名顶替者在特工圈的代号为"Z",当晚迟些时候,他将给英国帝国特工部中的接头人,送上一份新的情报。

第一部分

1845年6月1日

第一章 女飞行员

阿拉贝拉·韦斯特正费力地操控着她的蒸汽飞艇。它就跟桀骜不驯的小马驹一样，在空中摇摇晃晃颠簸地飞行着。头顶上，滚滚黑云如阴森的山峰，不断向她逼近，云团在月光的照耀下像镶了银边。当细长的艇身碰到气流时，她轻声说道："'王子'号，悠着点，咱们很快就要降落了。"

阿拉贝拉今年刚十八岁，却有六年的飞行经验。然而，今晚飞行的天空，对她来说是那么的陌生与寂寥，她从未感到如此脆弱和孤独。在狂风怒号之下，她的小飞艇——"科曼奇王子"号——艰难而无畏地飞行着，引擎发出柔和的嘎嘎响声。为了飞行更平稳，阿拉贝拉将驾驶杆向前轻轻推了推，把机尾的升降舵放了下来。"王子"号的艇头降低，把下面的云层分成了两半。

阿拉贝拉朝驾驶舱外瞄了一眼,下面的灯光星罗棋布,熠熠生辉,这就是巴黎——敌人的首都。再往南就是她此次飞行的目的地——一个秘密的机场,离枫丹白露宫很近。她希望反波拿巴主义阵线的接头人,会如原先计划的那样,在那里点亮飞艇跑道的灯塔。反波拿巴主义阵线里的人,都是她的法国朋友。他们憎恨拿破仑,都在为帮助英国赢得这场战争而奋战。

在暴雨云下面飞行虽然更轻松,但也更危险。现在她的飞行高度已经低于1000英尺,这个高度正好处在敌人搜索光束的范围以内。这些扫荡的光束就跟阴森惨白的手指一样,缓慢地射过天空。光线照射到暴雨云上,映出了云团幽暗的底面。如果被任何一束光线捕捉到的话,她就会成为城市防空部队炮手们的活靶子。这时,她操控飞艇向右边倾斜飞行,刚好躲过一束光。突然,飞艇引擎运行不畅了,她松开控制器一会儿,给燃烧室多加了一些煤尘。

随后她看到了一道黑影正穿过云团朝她飞来。这是一艘身形较长,线条明快,噪声极低,杀伤力如鲨鱼一般大的飞船。阿拉贝拉微微有些颤抖!因为她看到飞船尾部有法国皇家空军的标记,并且认出它是狙击级飞船。这种飞船配以轻型装甲,速度极快。此时,它离她只有不到500码了,而且还在不断逼近。其实她早就暴露了!她甚至都能看到吊舱下甲板上的火炮正在瞄准自己。阿拉贝拉盘旋着俯冲下来,周围的空气呼啸着噼啪作响。

"王子"号如海豚般在云中上下穿行。由于周围炮弹爆炸不断，它只得快速躲闪，盘旋迂回行进。阿拉贝拉用手不停地轻推驾驶杆，同时用脚均衡地微踩舵镫，调整艇翼上的副翼。她想象了一下在追赶自己的狙击级飞船上，那些法国士兵会困惑地问："这是什么？是鸟吗？"一想到这里，她内心深处就会激动地闪过一丝笑意。

没有人能像阿拉贝拉飞得这么好。她十二岁时就师从于她的爸爸——阿尔弗雷德·韦斯特勋爵。几乎从一开始，她爸爸就知道她是一个飞行天才。在飞行方面所具有的天赋连她自己都无法理解。她和"王子"号之间有一种延续不断的默契。正是如此，有时"王子"号几乎像是她身体的一部分。她的爸爸也当过间谍。在她十五岁的时候，爸爸在巴黎执行任务时牺牲了。阿拉贝拉有时觉得自己加入英国帝国特工部飞行队的唯一原因，就是感觉这样可以离爸爸更近。每当在高空中飞行的时候，她也的确有这种感觉。无论爸爸现在在哪，她都希望他在注视着自己并且为自己感到自豪，因为阿拉贝拉相信她现在做的和爸爸所信仰的一样，那就是无论他是否赞同自己国家的行动，他都坚持竭力履行自己对国家的义务。

阿拉贝拉知道爸爸厌恶英法两国之间的战争，他痛恨战争所带来的人员伤亡及资源浪费。这场战争持续了很久很久，久到已经没有人能记得两国究竟为何而战乱不休了。自拿破仑在滑铁卢战场获胜三十年来，英国与法国在战场上都未曾获得过一次决定性的胜利。如今，这两个仅剩的超级大国，在一场漫长而残酷的消耗战中决一胜负。两个帝国就像两个衰老的、被打得头昏眼花的职业拳击手一样，都没有能力给对方致命一击。它们一直僵持着，而军队里的军人早已是新人换旧人。

阿拉贝拉偶尔会想象一下，英国与法国和平共处时该是什么样。那时法国人民就是她的朋友而非死敌，法国也会是一个度假胜地，而不是一个让她想到监禁、拷打或是死亡的地方。有朝一日她飞过这片天空时，能作为一名游客，而不是一名被迫去逃避敌方飞船的间谍。但这似乎是一个不可能实现的梦想。

狙击级飞船远远落后于阿拉贝拉的"王子"号。她的通信器靠以太电池供电，静电的噼啪声盖过了敌军的枪声。阿拉贝拉暗自发笑，她停止盘旋，检查回转仪的轴承。

随后,她的笑容逐渐消失了。

一道比暴雨云还黑的阴影笼罩住了驾驶舱。她的耳边就像是有数十亿只蜜蜂在飞,嗡嗡作响。她一边紧张得直咽口水,一边抬头看见一艘火山级飞船的装甲机腹。

在一次任务中碰到两艘法国飞船是多么的不幸,尤其是其中一艘还是火山级!它几乎是狙击级飞船的两倍,是法国皇家飞船队中体形最大、装甲最重的飞船。它的油箱被铁铠甲完全包裹。对阿拉贝拉来说,它就像一只飞行的巨型甲壳虫。飞船上探照灯的耀眼光芒吞没了她的小型驾驶舱,当探照灯锁定她的时候,她眨了眨眼。现在她注定要死了,因为即使她可以在速度和谋略上取胜,但再厉害的特技飞行也不能让她飞出火山级飞船火炮的射程。这些火炮将不费吹灰之力地瞄准射中她,就像青蛙只要慵懒地轻弹一下舌头,便能捉住苍蝇一样。

阿拉贝拉打开节流阀,增加功率,放下起落架。她心里明白做这些已经太迟了,于是驾驶飞艇往西45度方向倾斜飞行。她身后传来砰的一声响,就像巨人歌利亚①沉重的脚步声。靠近左艇翼,传来一阵惊心动魄的巨响,使得"王子"号不受控制地向侧面旋转。一股东西烧焦的煳味扑鼻而入,

---

① 歌利亚是传说中的著名巨人之一,《圣经》中记载,歌利亚是腓力士将军,带兵进攻以色列军队,它拥有无穷的力量,所有人看到他都要退避三舍,不敢应战。

她就像一个摇头晃脑的娃娃,重重地摔向驾驶舱壁。难道自己被射中了吗?

当"王子"号慢慢地恢复平稳时,正上方的扬声器里传来一阵震耳欲聋的尖叫声。空中回荡着洪亮的带有法国口音的声音:"英国特务,你准备受死了吗?"

阿拉贝拉感觉到头昏和失落,她从控制面板上方扯下爸爸的照片,并亲吻了它。此时,她愿和爸爸一样,为祖国而牺牲。她啜泣道:"爸爸,我很快就能见到你了。"

第二章　会思考的机器人

阿拉贝拉加速飞离火山级飞船。她身上的每一寸肌肉都紧绷着，随时在等待着火山级飞船发出的枪鸣声，几乎可以确定那就是她最后一次听到枪声了。

然而并没有发生枪鸣声。

相反，她的眼睛被一束略带紫色的白光刺痛了。这束光线甚至比火山级飞船的探照光束更强。紧接着是一阵巨大的撕扯声，这情景就好比整个天空是一块帷幕，有人在里面撕出一个洞。

她听到并感受到一阵爆炸，冲击波震得"王子"号左右颠簸，出现了轻微的偏航。阿拉贝拉扭着脖子仰头向后看时，瞥见了火山级飞船在烟雾和火焰中盘旋。她随后意识到这个光束原来是闪电劈中庞大的飞船所产生的。闪电一定是穿透了飞船的外壳,并点燃了气囊内的氢气。

有人在上面守护着自己,她心想一定是爸爸!

她加速飞离这里时,火山级炽热的残骸喷溅在她周围的空气中。"王子"号的艇翼上有烧焦的痕迹。但谢天谢地,从引擎发出的声音来看,没有出现故障。在驾驶舱下方很远的地方,她瞥见两排平行的灯光。那里正是她一直要前往的秘密降落点,此时竟奇迹般地出现了,于是她开始朝着那个方向降落。

十分钟后,阿拉贝拉着陆了,"王子"号短暂地弹跳后才在草地上停稳。反波拿巴主义阵线组织指导阿拉贝拉降落的地方,是一块有车辙的草地,四周林木环绕。在她的飞行经历中,她已经相当习惯在黑暗中颠簸着着陆了,但是这次着陆仍然使她心力交瘁。指不定哪块碍事的巨石就会撞毁她的轮子,让她滞留于敌人的防线之后。然而,众神今晚似乎眷顾了她:她平安地在一个角落里着陆并关掉发动机。

她从飞艇右翼的驾驶舱爬出来,提了提飞行风镜,看见几个神秘的身影从树林中走出来,跑过草地去灭掉那些指路明灯。她心里明白,这样做是因为反波拿巴主义阵线的间谍们得赶在法国空中侦察兵发现之前,抓紧时间清除掉秘密跑道的所有痕迹。

阿拉贝拉关上驾驶舱的滑动舱门，跳到地上。她中等身高，一头栗色披肩长发露在皮革飞行帽外。她围着一条奶油色围巾，穿着一件对襟皮夹克外套，里面以宽松的白衬衫打底。黑色的喇叭裤腿塞在齐膝盖的皮靴里。这件夹克曾经是她爸爸的，也是她最喜欢的衣服。夹克衫深褐色的皮革上饰有铜纽扣、腰带和皮带扣，这使得整个打扮看起来更像是属于那个英雄的年代。

阿拉贝拉从艇身一侧的镶板里，拖出一只钉有铜钉的大皮箱。箱子很重，她蹒跚着把它拖到地上。正准备开箱时，身后传出一阵声响。她转过身去，看见一个肥胖的男子戴着贝雷帽，穿着肮脏的外套，正穿过草地朝她走来。她并不认识这个人，倒想知道她平时的接头人伯纳德发生什么事了，怎么不是他来。

这个男子走近后，喘息着说道："晚上好，女士，你迟到了。"他那双小斜视眼盯着阿拉贝拉，面部抽搐着露出一丝怯生生的笑容。塌得厉害的鼻子使他讲话时带着鼻音，声音尖厉刺耳。

阿拉贝拉解释道："我在穿过巴黎时碰到了点麻烦，遇到了两艘帝国飞船队的飞船。伯……在哪？"

"这些天，行动越来越难了，"法国男子打断道，"空中的巡逻也越来越严密。你被跟踪了吗？"

她摇摇头，问道："伯纳德怎么了？"

"伯纳德死了,"男子耸肩说道,"昨晚被基佐的暴徒杀害了。"

阿拉贝拉听说过空军元帅基佐。他是拿破仑的秘密警察的首领,生性残酷无情。她虽不太了解伯纳德,但他看起来像是那种和蔼可亲、温文尔雅的人,也许这种性格并不太适合去做一名间谍。他的死提醒着他们所有间谍日常所面临的危险。

"我叫加斯顿,是伯纳德的代替者。"男子补充道。

"好吧,先生,"阿拉贝拉打开皮箱,抬头说道,"我现在就在这里,所以也许你可以告诉我此次任务的目的了,是吧?"

法国男子没有回答,只顾盯着阿拉贝拉皮箱里装的东西。

她将那个东西拖出来,拉直,扶起来站立。它好似一个小矮人,身高约3英尺,穿着马裤,上身搭配微型双排扣的长礼服,打着领结,戴着高顶礼帽。金属制的面孔,闪闪发光,毫无表情;玻璃制的眼睛里配着乌黑的眼球,目光凝然却又空洞无神。

阿拉贝拉按了一下小型机器人背后的点火开关,当燃气发动机恢复工作时,他的胸部突然发出一阵低沉而有节奏的咔啦声。一抹柔和的黄光游入他的眼睛,眼神里褪去了几分呆滞,充满了更多的生机,乌黑的眼球开始滴溜溜地转动。从他帽子顶端的小管道里,一缕废气咝咝地排出。随后,他的肩部、肘部、臀部及膝盖处的关节开始弯曲,发出一阵整齐而又轻微的吱吱声。

"这是什么?"加斯顿低声问道。

"这是迈尔斯,"阿拉贝拉回答道,"飞得愉快吗,迈尔斯?"

在一阵轻微的呼呼声之后,一个平静的声音回应道:"不,女士,我那时既没有生命,就没有感知功能,所以是否愉快就不得而知了。"

他说话时,嘴巴并没有动。声音似乎从黄铜制的头脑中传出来,饱含一种厌烦的、逆来顺受的语气,就好像他很久以前就学会了忍受人类的愚蠢。

"哦,天哪!"加斯顿说,"你们英国人接下来还会想到什么?"

阿拉贝拉解释道:"他的完整名字是以英国人为原型而造的可移动、有主见、会思考的机器人,简称为迈尔斯[①]。到目前为止,他是第一个,也是唯一一个有这些特征的物

[①] 机器人的原名是 Moblie Independent Logical Englishman Simulacrum,这些单词的首字母组合起来就是 Miles,即迈尔斯。

体。也许你会说他就是一个试验品。的确如此,也是因为造他的人也曾叫我对他做一次测试,所以他这第一次执行任务就当是测试了。"

"他会做什么呢?"法国男子警惕地注视着迈尔斯问道。

"我们还不能十分确定,"阿拉贝拉坦言道,"发明他的技术员们希望我能发现并告诉他们。"她环顾四周,看到这片场地此刻已隐没在黑暗中,所有的灯都灭掉了,便问道,"那么我来这里是做什么呢?"

加斯顿努力不再注视着这个机器人,回答道:"我已经和Z特工开过会了。"

阿拉贝拉对Z特工印象深刻,他在间谍圈中就是一位传奇人物。在过去的三年里,他给英国人提供了很多有价值的情报,包括法国筹划好的入侵计划的细节。她猜想他一定是法国军队中地位相当高的人物,才能获得这种高级情报。但是Z特工一直小心谨慎,每次至少通过两个中间人传话。据她所知,没有人见过他的真面目。

"你指的是那个Z特工?"

"对,正是他。"加斯顿皱眉道,"还能有多少个Z特工?"

此时,迈尔斯开口道:"女士,容我提醒你,要相信Z特工是不会采取这种行动的。将情报直接传递给级别很低的一线间谍,这不是他的习惯。你真打算相信这个你以前从未见过的人吗?"

加斯顿俯视了一眼迈尔斯,就好像这个小型机器人是他刚刚踩到的牛粪堆一样。"这个……这个废物都知道些什么?'级别很低的一线间谍',真是可笑!他无权这样谈论我。"

阿拉贝拉想了一会儿,觉得迈尔斯说得很有道理,于是问道:"你有什么证据可以证明你的身份吗?"

"我都在这里了,难道我的身份还会有假吗?"加斯顿以一种粗暴无礼的语气回应道,"按照与伦敦那边商定的计划,我来了。我当然没有随身携带证明文件,难道是想被抓吗?我可能只是一个'级别很低的一线间谍',但是我不傻。"

"你在伦敦的接头人是谁?"

"他自称是斯蒂尔公爵。"

阿拉贝拉点点头。那是乔治·贾勒特爵士的代号,他是英国间谍组织的首脑。

"没有人告诉我接头人是你。"

"我说过伯纳德昨晚才死,还没来得及将这变更通知你们的人。"

她决定相信他。除此之外,也别无选择。

"所以这就是事情的来龙去脉了,那然后呢?"她问道,

"你来这就是为了传达Z特工的情报吗?"

加斯顿点头道:"他说这次入侵的战线会拉得很长,从多塞特郡一直延伸到肯特郡。计划在9月份开始入侵。"

阿拉贝拉点点头。她已经从其他间谍那里听说了这些已证实的情报。情报确实有用,但是这让她既困惑又生气。

"你为什么不能将这情报编码后以电报形式发给我?我可是冒着生命的危险才到这里的!"

"冷静一下,女士,"加斯顿喷喷道,"还有其他事,我要给你看个东西。你得跟我到我的蒸汽车里看,车就停在不远的地方。"

"我要提醒你,女士,"迈尔斯说道,"对于去这位先生的蒸汽车里,我感到心神不安。我已将我们当前的形势输入大脑,并基于概率做了一些运算。我推断出,这是一个陷阱的可能性是百分之九十。"

"那你就不必担忧了,金属先生,因为没人请你!"加斯顿咆哮着说道。他的样子好像要去踹迈尔斯一脚。

"迈尔斯和我们一起走。"阿拉贝拉走在加斯顿和迈尔斯之间,强调地说道。然后,她转向迈尔斯,低语道:"我觉得我们别无选择。这里没有其他人来见我们,如果我们不和他一起去,整个任务将会毫无意义。"

"你讲的也许是对的,女士,但是……"

"没有但是!走吧。先生,带我们去你的车里吧。"

第三章　方程式

他们跟着加斯顿往回穿过草地，朝树林走去。迈尔斯一边努力赶上阿拉贝拉，一边在高低不平的地面上颠簸着。因为越来越吃力，他的小发动机发出的咯咯声越来越响，从他帽顶排出的废气的咝咝声也越来越大。

加斯顿的车停靠在一条通往树林的小土路上。它是一辆由木头和黄铜所造的船形车，轮子又大又粗。引擎盖上伸出许多裸露的管子，就像某种镀铬的怪物的触须一样。

加斯顿打开车尾那个包着黄铜的木质行李箱。"那东西可以进到这里来。"他指着迈尔斯说道。

阿拉贝拉摇摇头。"不，他要和我一同坐在车里，不然我就不走了。"

她不确定自己为什么想要迈尔斯同行。她不知道他可以做什么,不过加斯顿也不知道,实际上这个法国人害怕迈尔斯,她喜欢这点。因为这样可以让局面平衡点儿了。她冒险上这辆车,现在加斯顿也被迫冒险让迈尔斯进来。

加斯顿气愤地耸耸肩,打开后门让他俩爬进去。

加斯顿的蒸汽车沿着乡村小道行驶,一路发着哐嘟呼哧声。半小时之后,他们在左边的一条小岔路的对面停了下来。一扇嵌在高耸砖墙里的锻铁大门挡住了他们,这里看起来就像一栋豪宅的入口。

"我们现在在哪?"阿拉贝拉问道。

"革命实验室。"加斯顿答道。他们面前有栋大楼,还有条私人车道通向楼影深处。他朝那栋大楼指了指,说道:"就在那里面,存放着世界上最有杀伤力的武器的方程式。这种武器能帮法国赢得这场战争。事实上,它可以赢得任何战争。如果拿破仑配有这种武器,那就没有什么可以阻止他成为世界的主宰了。"

阿拉贝拉听得发抖:"你说的是什么样的武器?"

"以太盾,"加斯顿毕恭毕敬地答道,"一种隐形盔甲。有以太盾护体的飞船能抵御任何已发明的炸弹、炮弹或子弹的攻击。'泰坦'号飞船将会装上以太盾。"

"'泰坦'号,"阿拉贝拉喘息道,"你指的是充当入侵先锋的那艘飞船吗?"

"正是!它将会势不可当。"

"我们绝不能让那种事情发生!"

"我同意。这就是为什么你一定要偷出这个可怕的武器的方程式,女士。"

阿拉贝拉睁大眼睛盯着他:"我……"

"对,这就是为什么我们会带你到这儿来。这样你可以偷到方程式,并带回英国交给你的上级。然后你们的科学家们就可以研制出自己的以太盾。或者最好是研制出一个可以穿透它的炸弹。"

"你想让我进到那里面去偷方程式吗?"

加斯顿的大脸绽开了一抹笑容:"我们已经听说了你有破门而入的本领,女士。"

"我根本没有这样的本事!"阿拉贝拉喊道,"我觉得你们可能是把我与其他人弄混淆了。"

加斯顿震惊地盯着她:"可你就是碧翠斯啊,难道不是吗?"

"我叫阿拉贝拉。"

"可我们要找的是碧翠斯!"加斯顿沮丧地挥拳捶打方向盘。

碧翠斯·达洛是苍穹姐妹团的一名正式成员。苍穹姐妹团是空中间谍的绝密团体,阿拉贝拉也是成员之一。艾米琳·斯图尔特是这个团体的领袖人物,也是阿拉贝拉的姑姑。团内共有五名成员,皆因身怀绝技而入选。阿拉贝拉的绝技是飞行;碧翠斯的则是破门而入。被艾米琳·斯图尔特招募之前,碧翠斯在很小的时候就是一个十分成功的神偷。

"一定是有人弄错了。"阿拉贝拉绝望地说道。

"我能帮上忙,女士,"迈尔斯说道,"我会一些撬锁的算法。"

加斯顿恼怒地举起双手:"这下好了!看来部署了这么多星期,冒着失去这么多条生命的危险,结果这次任务却要由一个毫无经验的女孩和她铁皮造的朋友来完成。现在我总算是明白了,彻底搞清楚了。"

这番话让阿拉贝拉的自尊心大受打击:"我们会去执行的,先生!请告诉我方程式放在哪,我们去偷。"

加斯顿摇摇头,喃喃自语着从破旧的大衣口袋里拿出一张起皱的纸,交给阿拉贝拉。纸上用墨水画着一栋大楼的楼层平面图,指明了墙、门、窗户和其他固定装置的位置。"这是实验室一楼的空间布局,"加斯顿解释道,"看这儿,方程式就放在这个房间的一个柜橱里。"他指向一条长廊上用十字标记出的一个小房间。

"警卫情况如何?"

"这还用问，实验室有许多警卫站岗，"加斯顿说道，"不过别担心，我已制订了一个转移注意力的计划来对付他们。我在大楼的一侧安装了定时炸弹，晚上十二点引爆，就是……"他从口袋里掏出一个银色计时器看了看，"……还有六分钟就会爆炸。到时候，他们会匆忙赶往房子的西侧，这样你们便有机会从前门闯入，盗取方程式。"

他把事情讲得如此简单，但是阿拉贝拉并不确信："假如这个转移注意力的计划不起作用怎么办？"

"那你就得想其他办法来对付这些警卫了。"

"你说得倒简单，"她哼着鼻子说，"我们得撬开多少把锁？"

"前门一把，小房间一把，还有柜橱一把。如果你们能撬开这些锁，盗得方程式，并且在警卫回来之前逃走，那就大功告成。"

阿拉贝拉将平面图塞进她那件飞行夹克的口袋里。她的手也一直插在那里，颤抖了好久才停下来。这跟在天空中对战巨大的飞船不一样，因为那是她所擅长的；在地上，应付这种情况，她远没有那么自信，就像一个闯入成人世界里的孩子一样，一切都是未知数。加斯顿把事情说得简单。但是他肯定也知道，那些警卫见人就会开枪。其实她的工作通常是有关联络方面的事情，也就是与当地的民族主义者和反波拿巴主义者联系，并从他们那里获取情报，只是偶尔会参与破坏行动。直到此刻,她才被要求去独自应付武装警卫。但她不能退出,打退堂鼓也确实不符合她的性格。她打开车门跳下去,走到那条路上。迈尔斯跟在她后面跳下车。

"祝你好运!"加斯顿傻笑道。

她不喜欢这位法国人脸上流露出的神色。这会使她想起另一种可能性,那就是这会是一个陷阱。

风暴散去,夜晚变得晴朗无风,舒适宜人。即便如此,阿拉贝拉在靠近带栅门的私人车道时,依然感觉到一丝寒意。还好她有迈尔斯陪着。她身边的这个小金属人,尽管以一种怪异的方式移动着,还边走边冒气,发出嘎吱的响声,但他的存在着实令人心安。他似乎知道自己在做什么。

她躲在门附近的暗处观察着。几个穿着浅绿色制服的警卫,沿着私人车道朝他们走来。警卫们一边走,一边相互低声交谈着,走到门那里停了下来,之后又掉头,朝那栋楼慢慢地走去。"走快点啊!"阿拉贝拉心里默默地催促着他们。在转移注意力的爆炸发生前,她和迈尔斯必须到达在短跑冲刺距离内的大楼,否则整个计划都会失败。她核对了一下自己的手表,表带是厚厚的皮革制的,饰以黄铜,齿轮裸露。离午夜十二点还有不到四分钟的时间。

当阿拉贝拉确定警卫们不在自己听力所及的范围内时,

就开始爬门。爬到顶端时,她朝下瞥了瞥,失望地看到迈尔斯还没动。"快点!"她嘘声道。

"女士,"他不开心地喘气说道,"我恐怕缺少爬这种大门的设备……"

阿拉贝拉叹了口气,敏捷地回到地上。她抓着他的肩膀,把他拎上来。荒谬的是,她担心这样会伤他的自尊。

"我希望你不要介意哈?"

"当然不会啦,女士。"他说。

她一只胳膊紧紧地搂住这个机器人,摇摇晃晃地重新爬上那扇大门。她行动起来很困难,幸运的是机器人不太重,她紧靠着门,能够将他举起。当举到门顶时,她深吸了一口气,将机器人抛了进去。其间有一些尴尬的动作,比如中间有会儿,她不得不用臀部撑着,当时真希望还有第三只手。最终,他们到了门里面的私人车道。阿拉贝拉迅速地将迈尔斯带到私人车道边的树荫下。她的手表显示,这时只剩下一分多钟了。

他们在树下朝楼房慢慢挪动。楼房是砖体建筑,有深色的窄窗户,陡峭的斜屋顶,整体显得壮观气派。他们越靠近,阿拉贝拉就越感到心神不宁。这次的任务从逻辑上讲不通。如果反波拿巴主义阵线的人已经成功地找到了楼层平面图,甚至在庭院中安装了引爆装置,为什么他们不能同时盗取方程式呢?为什么要将一个英国特工一路带到这里来专做这一件事呢？截至目前，她几乎确信自己正一步步被引入陷阱。她害怕地环顾四周，想象着法国皇家特工们正潜藏在每棵树后面。她想知道迈尔斯脑中现在在进行着什么样的运算。

"你依然认为这是个陷阱吗？"她低声问他。

"我是这样怀疑的，女士。我进一步怀疑我们做什么都太迟了。现在任何逃跑的努力都注定会失败，甚至可能会将我们置于死地。"

"你真是个鼓舞人心的小伙伴！"阿拉贝拉的声音有些颤抖。

此时，他们已到达树林的边缘。在这里，私人车道延伸到一个大的D形前院，另一边坐落着实验室大楼。她能看到六个警卫守在大楼周围的各个地方。他们肩上背着装有刺刀的长步枪。煤气灯照亮砖壁，但是窗户中却没有光亮——她希望这意味着里面没有人。她看了手表最后一眼，秒针嘀嘀嗒嗒向12移动。10……9……8……7……——"准备跑，迈尔斯。"她低声说道——……4……3……2……1……

第四章　实验室

四周竟然一片死寂！难道加斯顿说的爆炸是骗人的？如果是这样的话，那他说的其他东西就全是假的啦！肯定是个陷阱！

"我们得赶紧撤。"阿拉贝拉悄悄地跟迈尔斯说。

迈尔斯没说话。

突然，砰的一声，巨大的爆炸声如巨人之拳猛地一捶，划破了宁静的夜空。一阵热浪涌来，阿拉贝拉的眼睛都睁不开了，一个趔趄，往后一晃。再一睁眼，她看到西边浓烟滚滚。爆炸点在距离前入口约50码的地方，而且又在角落里，根本发现不了。这时，院子里的警卫们惊慌失措地到处乱窜。有个警卫还在慌乱中开了一枪，其他五个马上跟着他一起，朝着浓烟跑去。从树丛里，又冒出三个警卫聚拢在被炸的大楼西侧。

阿拉贝拉的机会来了。

"快!"她一边朝迈尔斯喊,一边飞速冲过前院,来到入口的门廊边。她明白,这个时候是最危险的。要是碰巧有警卫朝后扫一眼,肯定就能一下子在煤气灯光下发现她。迈尔斯也尽可能快地哐啷哐啷跟在她身后。就在他刚到入口的门廊边与阿拉贝拉会合的时候,附近有人大叫一声,砾石路上传来的脚步声也越来越近。一听到声音,阿拉贝拉赶紧一把把迈尔斯拖过来,两人都躲在门廊口两根厚重的柱子后面。

脚步声越走越慢,突然停了。寂静中,阿拉贝拉和迈尔斯能听到其他警卫的叫喊声。"是谁?"旁边传来粗哑的声音,"皮埃尔,是你吗?"这个警卫就站在柱子的另一面,离她特别近。见没人回答,他便开始在门廊下慢慢巡查。这时候,为了不被发现,阿拉贝拉侧身往柱子反方向慢慢挪动着。突然,这个警卫又停住了,同时阿拉贝拉发现自己无意间恰好挪到了他的身后,差点就碰到他长满毛的脖子了。他随时有可能发现她和迈尔斯,所以现在必须行动了。

她迅速而无声地伸手从挎肩包里,拿出一个随身携带的黄铜注射器,里面装的东西可用作安眠药,是艾米琳之前给她的。如果被敌人俘获,就可以注射此物让自己昏睡过去。艾米琳曾说:"亲爱的,他们会以为你已经死了,希望到时候他们可以把你单独留下,以此活命。"

阿拉贝拉打开保护盖。她太紧张了，都没法屏住呼吸了，呼吸声大得就像龙卷风在咆哮。警卫脖子的皮肤下，一根淡蓝色的线条若隐若现，那就是他的血管了。她把拇指放在推进器上，食指和中指夹住注射器。

这时，她脑海里回响起艾米琳安抚的声音："做就是了，阿拉贝拉！"

她用左臂死死地夹紧警卫的脖子。他全身都在挣扎扭动，还不停地用手抓她的手臂，累得气喘吁吁，随后便奄奄一息了。他的脖子一开始也在动来动去，阿拉贝拉在锁定血管的位置后，费力地把针头扎了进去。几秒钟之后，他就像个熟睡的婴儿，软绵绵地倒下了。阿拉贝拉迅速地把他拖到入口旁墙角处的灌木丛里面，以免被人发现。

"干得漂亮，女士，"迈尔斯瞄了一眼不省人事的警卫，评论道，"但是，至少还有八个警卫，并且这件事已经拖延了我们的时间。我推算，在他们回到这里逮捕我们之前，我们几乎没有机会完成任务。"

阿拉贝拉想，就算迈尔斯的制作者没想要他成为一个士气提升者，难道就不能让他对一切事情不那么悲观吗？这点真让人气馁！

阿拉贝拉放着哨，迈尔斯赶紧开始忙活。铜制的右手食指正对着门,指尖处伸出的一根细细的像钥匙一样的金属管插进了锁里。然后开始轻轻地左右转动,似乎是在摸索里面的结构。

阿拉贝拉隐约可以听到房子西侧传来的烈焰的噼啪声响,浓烟中火星四溅。这不只是一起转移注意力的爆炸事件,加斯顿可是放了场大火。不过这实在是太好了!不管迈尔斯之前是怎么说的,总之这场大火够那些警卫忙上一会了。

突然,上方传来旧金属吱呀的声音,她吓了一跳。可能是夜风中风向标的转动声,也有可能是不牢固的排水管发出的吱嘎声,又或者是弓箭张开的声音?

她慢慢朝门廊里面挪了挪,这样屋顶上就算有弓箭手,也射不到她。迈尔斯的手指正在摸索门锁的结构,发出了轻微的咔哒声。阿拉贝拉聚精会神地盯着,希望他能快点打开。

终于,门打开了,他们进去了!

"干得好,迈尔斯!"阿拉贝拉一边和迈尔斯溜进去,一边开心地说。

在大厅遥远的尽头,有一条长长的走廊,使整个空间显得很宽敞。阿拉贝拉藏在角落暗处,分别观察走廊的两边,发现好像都没有人。按照平面图的指示,他们得往走廊的右边拐。走廊的墙上,挂着法国大革命时期的绘画。他们继续往前走，看到木质装潢的墙上还挂满了玻璃橱，里面陈列着实验室器材，有烧杯、烧嘴、管子、灯泡，还塞满了刻度盘、弹簧和杠杆的曲柄和发条。在一个基架上，他们看到了一个机器人的金属头部。头部外面有个玻璃罩，里面的齿轮和交换器看得一清二楚。迈尔斯看到后，立即停了下来。一股充满担忧的蒸汽从他的帽子里喷了出来。

阿拉贝拉看到后，用手抚着他的肩膀，说道："别担心，我能保证这种事情不会发生在你身上的。"

"我不是担心我自己，只是担心英国而已，女士。要是敌军也在研制机器人的话，那对英国的威胁将会比我担心的更大。如果你愿意的话，不妨设想一下，一支在以太盾庇护下的机器人大军正朝我国进攻，后果多么可怕。"

"为此，我们就更有理由不能被他们抓住了，"阿拉贝拉说，"如果你被抓住，我敢肯定他们会把你拆成一块一块来研究后，能收获不少……"

大概走到走廊中间的时候，他们在右手边的一扇门前停了下来。平面图显示，通过这扇门就可以进入存放方程式的房间。

阿拉贝拉在放哨，迈尔斯开始开锁。警卫们这时候肯定是高度警惕的——他们目前甚至可能已经猜到，之前的爆炸只不过是个障眼法。她振作精神留意着脚步声。

一分钟不到，迈尔斯就打开了锁。可是一走进房间，阿拉贝拉的心就凉了。这个小房间没有窗户，墙上排满了光滑的橡木抽屉。总共大约有三十个，而且都没有标记。他们至少需要一个小时，来一个个开锁找方程式。可实际上，他们仅仅只有几分钟的时间，随后警卫们肯定会拥进这个房间。

这时，迈尔斯已经把注意力转到第一个抽屉锁上去了。不到一分钟，他就打开了。阿拉贝拉拉开抽屉，里面比她预想的大多了，足足放了有五尺多厚的文件。看到这情景，她一边跪下去快速翻阅文件，一边嘟囔着说道："这可真是大海捞针啊！"迈尔斯这会儿已经顺延着去开第二个抽屉了。

突然，门外的走廊传来了法国士兵的吼叫声，还有跑步声。阿拉贝拉着急忙慌地找地方躲起来。可麻烦的是，这房间除了抽屉，什么都没有。

"女士，请问是否可以建议您藏在这里呢？"迈尔斯指着刚打开的抽屉说道。

阿拉贝拉听完后，盯着那个长长的抽屉，发现如果只把自己挤在文件堆下面的话，那这个抽屉的尺寸跟她的身材很搭。她又问迈尔斯："那你怎么办呢？"

"请不用担心。"迈尔斯把一些文件搋到一边去，这样她就能踏进去了。门外的吼叫声和靴子声越来越近了。她赶紧坐了进去，把双腿悄悄蜷缩到文件下面，再扭动着把整个身体挪了进去。文件锋利的边角硌得她身上很不舒服,脸也被挤压得难受。没办法,她只好把双腿弯起来,腾出点空间给文件。这时,迈尔斯推了一下抽屉,抽屉在合上时,金属滑轨发出刺耳的尖啸声。阿拉贝拉发现自己被锁进了一片漆黑里。里面缺氧,干燥腐旧的纸张味道差点呛到了她。外面的警卫们蜂拥而至,她的心扑通扑通地狂跳。他们现在肯定已经看到迈尔斯了!很快也会发现她的。警卫们的喊叫声以及他们扣动步枪扳机的声音很近很大,阿拉贝拉一听便知他们就在房间里——可是并没有听到打开抽屉的声音。

渐渐地,警卫们的声音越来越小了,紧接着房间里又是一片死寂。现在一阵新的恐惧感袭向阿拉贝拉。要是警卫们把迈尔斯抓走了,她就要被闷死在这儿了!绝望之中,她用脚使劲推抽屉后面的墙,可那不是墙,只是抽屉的后板,这样根本没用。然后,她又用手推开文件,去顶上面抽屉的底板,但还是缺乏一个杠杆来顶开自己的抽屉。这时,她感觉自己恐慌得快喘不过气来了,急需空气。但是现在她不得不面对这样的事实——根本没有任何解救的希望。这个抽屉马上就会变成她的葬身之地。

阿拉贝拉几乎已经准备听天由命。她将身体扭曲,以一种不太体面的方式死去。就在这时,传来了一声咔哒声,抽屉被拉了出去,光线和空气重新涌进了她这个黑暗的空间。"女士,"迈尔斯满脸歉容道,"把您留在这么狭小的空间里这么久,我向您致歉。"

阿拉贝拉大口喘着气,赶紧从抽屉里挤了出来,说道:"没事,没事。"

"您在里面一定十分不适,但是我不得不等那些警卫离开大楼了才能来救您。"

"你到底是怎么逃脱的啊,迈尔斯?"

"我装成了一件展品,女士。"

"展品?"

迈尔斯突然静止不动了,开始演示。帽子顶端的蒸汽全隐藏起来了,甚至还隐去了眼睛里的黄色光晕。就外表来看,他就跟假的一样,毫无生机。"我希望他们把我当成跟走廊里那个机器人头一样的展品,"他边恢复正常边补充道,"震惊的是,他们还真上当了。"

"在最显眼的地方藏身!迈尔斯,你可真是足智多谋啊!"

机器人弯了一下身子,感谢她的赞扬。

"现在,我们得赶紧在他们回来之前找到那个方程式。"阿拉贝拉边说,边弯腰在那个差点闷死她的抽屉里翻找文件。然后,她很快就发现,这些文件都是按文件名的首字母进行排序存放的。那找起来就简单多了!这个刚好是"A"开头的抽屉。但是她绞尽脑汁地想,"以太盾"用法语怎么表达呢?

那会儿,迈尔斯也在抓紧开下一个抽屉。当打开"B"开头的抽屉时,她突然想起来了。在法语里,"盾"这个词是"bouclier"。果不其然,就在这个抽屉的中间,她找到了以太盾的资料。她把一个厚重的灰色文件夹拿出来,快速翻看了一下,里面装满了文件,上面密密麻麻地写着复杂的方程式和图表。

"找到了!"阿拉贝拉轻声说道,"不用再开锁了,迈尔斯。我已经找到了!"

听到阿拉贝拉的话,这位会思考的绅士收回了正在开锁的手,转过身对她说:"恭喜,女士。尽管我觉得这可能也无济于事,因为我们马上就会被抓住了。"

"别胡说!"阿拉贝拉真是讨厌他身上无休止的悲观主义了,"最难的一步已经完成了,现在我们要做的就是想办法离开!"说完,她把文件夹收进挎肩包,"我们把这个带回给加斯顿,让他看看我这个没经验的丫头,再加上一个锡制的朋友,到底有何能耐。"

"是黄铜造的,"迈尔斯鄙视地纠正道,"黄铜是铜和锌的合金,里面可没有锡。"

他们正沿着走廊往回走,就在这时,阿拉贝拉听到前方的大厅里有异响。那声音非常小,但却有点刺耳,像靴子在地毯上刮擦的声音,也像是外套擦过家具的飒飒声。她立马停住，心都快跳出来了。示意迈尔斯贴墙站住，她自己也赶紧躲在展示柜的后面。

月光透过窗户，照进走廊，成了这里唯一的照明。透着寒气的浅灰色光芒笼罩着走廊上的油画和科学展品。大厅是漆黑一片。她瞥了一眼迈尔斯，他又在出色地扮演着毫无生气的博物馆展品了。

阿拉贝拉又费劲地听了一会儿，但是什么声响都没有。是不是有人埋伏在走廊尽头等着他们？虽然到处都看不到警卫，但是他们必然起疑心了。几乎可以肯定有一个或者更多警卫会在前面守株待兔。一旦他们发现她偷了秘密文件会怎么样？她很有可能会被带到基佐元帅那里，他们肯定会对她用刑。加斯顿也可能会在那里，为着他聪明的小骗局大获成功而满脸堆笑。伯纳德很可能就是他亲手杀掉的。天哪，自己竟被骗得团团转，她简直就是一个傻子！但是，她会在受刑时，特别勇敢，不会被他们看扁。不管他们怎么折磨，她半个字都不会说！

"迈尔斯，"她在黑暗中轻轻问道，"你建议我们怎么做？"

"女士，这里可能有后门。这是我们唯一的希望了。"

"你算算可能性有多大？"

"不到百分之一。"

她哭笑不得："好吧，至少不是毫无机会。"

第五章　黑暗中的身影

阿拉贝拉仔细查看了平面图，很快便知道她该怎么走。她示意迈尔斯跟着自己，悄悄沿着走廊往东爬去，离开大厅。他们一直隐匿在阴暗的光线下，慢慢蠕动，最后来到了一个宽敞点的地方，四周是光秃秃的白墙，地面还铺了瓷砖。在他们的右边，有一个楼梯，而左边，如平面图所示，应该是通向后院的门。阿拉贝拉挪到门边，擦了擦手中的汗，小心翼翼地转动门把手。幸运的是这门没有发出吱嘎声。门打开了，屋外清凉的夜风，夹杂着潮湿的青草与树叶的味道，一起涌入屋内。夜风拂过，这种感觉真好。院子在灌木丛和大树的遮掩下，显得阴森可怖。薄雾弥漫的院子里，什么都看不清。这种情况下，任何人都可能埋伏在那里——等到她发现时，一切都晚了。

"快点。"阿拉贝拉悄声对迈尔斯说,然后一起出去了。下了台阶之后,她往右走,希望能找到一条通往大楼前面的小路。突然,一阵沙沙声传来,她吓得一动不动。蓝色的雾霭中钻出一个山羊头,正朝着她奔来!

这个山羊头上长着尖尖的犄角和长长的耳朵,像个蛇妖一样摇摆着向前,挡住去路。阿拉贝拉吓呆了,几乎不敢相信她都看到了什么。随后,一阵清风拂过,山羊头被吹散了,这下,她才发现那不过是一簇树叶而已。犄角也不过是细长的树枝。

她做了一个深呼吸,设法平静狂跳的心脏。她坚定地告诉自己:这里什么人都没有。我已经传染上迈尔斯的悲观了。警卫们都回到了他们自己的哨位。刚才大厅里的嘈杂声可能就是只老鼠发出来的。加斯顿会在他的蒸汽车上等我们,而半小时后,我会再次驾着飞艇,把制造以太盾的重要资料带走。

想到这里,阿拉贝拉果断地走过一块潮湿的草地,朝东边的一条小路走去。通往小路的那扇门是虚掩着的,似乎在诱其深入。她心里默想:

这是陷阱吗?不会吧,守卫这么松懈!

她拉开门,接下来的场景把她吓得半死。一个高高瘦瘦的身影就立在离她不到10码的地方。它背对着月光，很难看出到底是什么。可是，它腰部闪现的细长光束告诉阿拉贝拉，它携有武器，并且还正对着她。

阿拉贝拉开始往后退。

那个身影吼叫一声："别动！"这声音听起来像是个年轻人。令人惊讶的是，它竟然操着美国口音。美国是英国的同盟国之一，或者说理应是这样吧。她知道，很多美国人崇拜拥护拿破仑，有些人甚至参军去为波拿巴主义者奋战。听声音的话，这个人有可能比她还年轻。但愿他容易被吓退吧。

"我必须警告你，"她说，"我身边有个十分危险的机器人。你要是不让我过去，那我就只能命令他杀了你。"

那个年轻人听完后，走近了些。阿拉贝拉看清他的样子后，发现他竟在咧着嘴笑，这让她感到不安。而比起他的笑容，更令人不安的是他的眼睛，漆黑如墨，但却美得动人心魄。

"你说的是迈尔斯吗？"他窥视着紧随她身后的机器人，轻声笑道，"你心地很善良的，对吧，迈尔斯？"他的眼神又转回到阿拉贝拉身上，仔细地打量着她，似乎要看透她脸部的每一个细节，乃至每一根睫毛。阿拉贝拉感觉自己的脸都红了，只好朝别的地方望去，借此掩盖自己的不适。他是怎么知道迈尔斯的名字的？他的行为似乎不像是警卫，而且从穿着上看，也不像。他穿着脏兮兮的双排铜扣军装，领口敞开着，露出了系法随意的领巾。他整体看起来倒更像是……

……更像是一个间谍！

"你想要干什么？"她忍不住问道。

男孩手持一把装饰华丽的左轮手枪。听到阿拉贝拉的问话，他用长长的枪筒挠了挠下巴，说道："我要的是你包里的那个文件夹。十分感谢你和迈尔斯闯入这里，帮我把它偷了出来。"

所以男孩并不是要来阻止她盗取方程式的，而是想自己得到它！

突然，她想明白了。

"你在为美国人办事！"她脱口而出，"你想要把这资料交给在华盛顿的上级。你就承认吧！"

男孩听完，皱了皱眉，摇了摇头，看起来几乎要发火了："我并不是为美国人办事，也不为法国人、俄国人或者其他任何人，我是为自己办事。"

"那你就是雇佣兵了！"她实在无法理解，一个人怎么可以仅仅为了钱而作战，想到这里，她一阵反感，"是谁付你钱来偷方程式的？"

"没有人。我说过，我只为自己办事。"他朝她的挎肩包点点头，"我打算把它卖给出价最高的买主，如果有关以太盾的传言都是真的，那肯定能卖个好价钱。"说完，他用枪指着阿拉贝拉，脸上的笑容也渐渐消失，"阿拉贝拉女士，如果你还想活命的话，就快点交出来。"

阿拉贝拉听到自己的名字很吃惊，问道："你怎么知道我是谁的？"

"我的好朋友加斯顿告诉我的。"男孩边说边得意地笑道。

阿拉贝拉听完，恨得咬牙切齿。那个两面三刀的叛徒、无赖……她真想撕破他们虚伪的嘴脸。她义愤填膺地说："那又怎样呢！英国还是能拿到以太盾的，你给我记住！"

"哦，我也是这么想的，希望他们出高价来买吧。"男孩说道。

这时，阿拉贝拉脑中闪过逃跑的念头，但马上又打消了。这个男孩打趣的笑容背后潜藏着冷酷无情。毫无疑问，逃不过两步，他肯定会开枪打死她。所以，最后没办法，她还是很不情愿地从挎肩包里拿出文件夹，交给了他。

"谢谢哦，女士。"他边说边礼貌地弯了弯腰，"看在你这么配合的面子上，顺便告诉你我叫本，全名是本·福雷斯特。"这话倒是说得很开心，就好像阿拉贝拉是他刚认识的好朋友一样，"跟你做生意，真是十分畅快。"说完，他开始撤退，但枪口还是一直对着阿拉贝拉，"说不定，我们哪天还会再见。"

路边的树丛中有一个缝隙,他从那里消失了。听到他跑远之后,阿拉贝拉拔腿就追。但是这条路实在太难走了,而且他已经钻进了浓密的树林里。一路上,阿拉贝拉的衣服被树枝划破了,一跑起来就容易被树根绊倒。最后,她追到了高高的砖墙前,这墙正是围在庭院四周的墙。墙上还悬挂着绳梯。在墙的另一边,她都能听到加斯顿的蒸汽车发动的声音,哐哐嘟嘟,呼哧呼哧。她爬上绳梯,正好看到车子在路上拐了个弯,不见了。随后,她的小伙伴也很快赶到,不停地冒气,咕咕作响。三分钟后,她帮助他爬过墙,一起来到长满草的路边。这里早已空无一人。

"哎,迈尔斯,"阿拉贝拉说,"我们恐怕被那两个可恶的家伙给耍了。"

"我很抱歉,女士。"

阿拉贝拉低头看了看这个有逻辑思维的小绅士,他正站在她身边,看起来很是落寞。她叹了口气,说道:"我原以为你可能会藏有一两个绝技,比方说,枪之类的。"

"恐怕我的强项不在射击上。"

"没关系,"她耸了耸肩,"总是有得有失嘛。哎,这儿离飞机场有多远?"

"12.25英里,女士。"

"那就是说我们最好现在就走,不是吗?"

第二部分

1845年6月16日

第六章　苍穹姐妹团

阿拉贝拉站在布莱顿的散步场上,注视着那片空荡荡的海滩。海滩上没有用来冲澡的小房子,没有五颜六色的遮阳伞,更没有欢声笑语的孩子们。她所能看见的只有无数卷带刺的铁丝网,一排排地缠绕在木桩上,向两边无限延伸,极目难眺。

每个礼拜,法国进攻的谣言都会传来,英国当然得做好准备。这些铁丝网就是英国海岸防备工程的重要部分。不过,这景象看起来也令人沮丧。阿拉贝拉在布莱顿有着关于童年假期的幸福回忆——吃棉花糖,看木偶戏,骑旋转木马。她总是跟保姆一起来,要是爸爸不在执行任务,也会陪她一起来玩。像今天这样和煦的天气,海滩上肯定会有很多人在玩啊,游泳啊……

"别这么忧伤,贝拉,"站在一旁的凯西劝她,"总有一天,战争会结束的。"

凯西·雷是苍穹姐妹团的成员。她的身材既高挑又彪悍,武术是她的特技。不过从她平时的穿着打扮上是看不出这点的。就像现在,她戴了一顶白色的软帽,穿着蓝色的裙子,以及配色相近的骑手服。阿拉贝拉今天的打扮也跟她差不多,不过裙子和骑手服都是紫红色的。然而,比起这种高领收腰的夹克衫和宽松的裙子,她更喜欢穿她的飞行服。但是她明白在不执行任务的时候,自己还是得穿得普通点。艾米琳之前一直提醒,苍穹姐妹团的成员们要低调。

"我本来可以让战争更早结束的,"阿拉贝拉叹着气说,"要是我成功把那份方程式带回国的话。"

凯西安慰地按了按她的肩膀,说道:"你已经尽力了,再说你怎么会知道那是一个陷阱呢?"尽管凯西外表看起来很魁梧,但却心思细腻,善解人意——也许她算是阿拉贝拉唯一一位真正的朋友。

"可是艾米琳不是这么想的。"阿拉贝拉回忆起刚回到伦敦时,她向姑姑汇报任务的执行情况,姑姑的斥责让自己觉得十分丢脸,想到这,她恨得咬紧了嘴唇。"她说我就不应该相信那个叫加斯顿的法国人。只要伯纳德不出现,我就该马上逃离那里。"

凯西又开导她:"但是想想,你还是搜集到了一些其他的情报啊。"

噢,和善的凯西——总是看到事情积极的一面!阿拉贝拉有时候真想知道,凯西要是跟迈尔斯相处的话会怎么样。

"要是你逃跑了,我们就不会知道有关以太盾的情报了。"

"是呀,不过光知道以太盾对我们一点好处也没有,"阿拉贝拉评论道,"一谈起以太盾,人人都很紧张。现在没了方程式,我们根本就不知道它到底是个什么玩意儿,威力到底有多大。"

"即便如此,我们最厉害的特工们不是已经出动了吗?"凯西继续安慰道,"他们会翻遍世界的每个角落,去寻找那个神秘的美国人。我敢肯定他们迟早会找到那人的。"

"呸,不要跟我提那个可恶的年轻人。"阿拉贝拉牙齿咬得咯咯响,狠狠地说道。一提到他,她就气得不行,自己都被自己的反应惊到了。"他从哪个肮脏的洞里出来的,就滚回哪里去,我再也不想见到他。像福雷斯特那样的人,真让人恶心。他们的眼里只有钱,战争只不过是他们大发横财的机会而已。"

"我觉得你这丫头抱怨得有点过了吧!"她们身后传来了一个柔和的少女声音。

她们转过身,看到戴安娜站在那里,手里还拿着三个冰激凌甜筒。她是戴安娜·坦普尔,苍穹姐妹团的第五位成员。她是一位专业的观察员,日常生活中,有时也喜欢探查别人。

"你什么意思?"阿拉贝拉伸手拿了一个甜筒,问道。

戴安娜假笑着坦言道:"你在汇报任务执行情况时,我偷听了一会儿。注意了一下你对年轻的福雷斯特先生眼睛的描述,你说是'乌黑且炯炯有神'。"

凯西听完,大笑了起来,阿拉贝拉也听得脸都红了,说道:"那可是机密。"

"我知道啦,亲爱的,"戴安娜咯咯笑,"但我觉得,一个男孩炯炯有神的眼睛几乎不可能会威胁到国家的安全。除非他要利用它们来做一些不怀好意的事,比方说当他内心假定面前的女孩是英国的间谍时,试图让这女孩分心!"

"我没有分心!"

一直以来,阿拉贝拉都觉得戴安娜是苍穹姐妹团里最漂亮的那位,同时也是最难以信任的一位。可能只是因为她太擅长探查工作吧。作为间谍,她们一直都在训练如何编造谎言和设计诡计。但不得不说,有些人在这方面,能力就是比别人强,而戴安娜简直就是这方面的天才。

为了缓解这尴尬的气氛，凯西机智地换了个话题，问道："艾米琳和碧翠斯去哪了？"

"我最后见到艾米琳的时候，她正使用自己的以太电池呢。"戴安娜舔了一口甜筒，说道，"她那会儿正在和肖勒姆空军基地确认，看今天下午我们是否可以起飞。这天看上去马上就要起风暴了。至于碧翠斯嘛，我就不知道了。可能在皇后大道，偷那些刚出站的游客的东西吧。"

她这么说当然是非常不公平了，因为碧翠斯很久之前就不再偷了。不过，戴安娜这人讲话就是这样，其他人看在同僚一场的分上，都懒得跟她计较。

过了片刻，碧翠斯·达洛出现了。她身材瘦小，长相普通，一头深棕色的头发。阿拉贝拉第一次见到她的时候，压根就没有留下任何印象。其实，从小偷变成间谍，碧翠斯这长相堪称完美。她平时喜欢穿土褐色的衣服，淹没在人群中很难被发现，况且那些目击者也很难记清楚她这张没啥特色的脸。像往常一样，团队的姐妹们好一会儿才发现她就在旁边。

"嗯哼。"碧翠斯清了清嗓子。她们听到声音后，转身看到了她。她手上拿着最新一期的《每日公告》，头条新闻如下：

大西洋上又一艘飞船失踪

"这已经是这个月的第三起了!"阿拉贝拉叫道,一把抓过报纸,仔细看了一遍内容。

"会是谁干的呢?"凯西好奇地问道。

"没人知道。"碧翠斯回答。

"每次都是一样的情况,"阿拉贝拉边看报纸,边小声说,"既没有飞船残骸,也无人生还,就这么凭空消失了。这次事件中,共有一百四十一名乘客和乘务员,基本都是到纽约度假的英国人,全都失踪了!"

"你们觉得会不会是法国人干的?"碧翠斯问道。

戴安娜质疑道:"最后一艘失踪的飞船可是法国的运输飞船,我觉得他们不会对自己的飞船下手的。绝对不是,依我看,这件事跟战争没有关系,是个全新的问题。"

一阵寒冷的东风吹过,阿拉贝拉紧了紧肩上的披巾。此时,钱恩码头的上空,乌云滚滚。

"对于宙斯行动来说,这可不是什么好消息。"碧翠斯小声抱怨道。

"宙斯行动是什么?"凯西问。

"你还没听说啊?"戴安娜有点讥讽地说,"就是英国的反击行动啊。昨晚,特工Z提供了法军旗舰——'泰坦'号飞船的具体位置。现在皇家航空飞船队正在策划出动一个小型军艇队,赶在'泰坦'装上以太盾之前摧毁它。不过,法国人经常移动'泰坦',所以我们可能只有几天的时间。"

很显然,阿拉贝拉又是毫不知情,这已经不是第一次了。她之前什么消息都没听到,并且看凯西这会儿脸上的表情,说明她也不知道这事。阿拉贝拉确信,就职务而言,戴安娜和碧翠斯,不会比自己和凯西知道的情报更多,但是不知怎么的,她俩似乎总是知道得更多,可能她们更擅长耳听八方吧。

"所以你认为,劫走这些飞船的人可能会盯上皇家航空飞船队吗?"凯西问碧翠斯。

戴安娜做了个噤声的手势,说道:"艾米琳来了,我们别聊这个了,换个话题。"

阿拉贝拉抬头看了看,果然,姑姑艾米琳走过来了。艾米琳年纪轻轻,身材高挑,满头红发,正颜厉色。她从宾馆出来,穿过街道,朝她们走来。其实,艾米琳只比阿拉贝拉大几岁而已。但是她很有雄心,能力也很出众,因而受到了间谍首脑乔治·贾勒特爵士的赏识,很快便晋升为英国帝国特工部的一名高级军官。苍穹姐妹团正是艾米琳强烈建议乔治爵士组建的。她据理力争说,英国拥有新的重航空器飞行技术,应该充分利用好这一优势。由身怀绝技的女飞行员们组建的小团队可以深入敌后,联系反波拿巴主义者,搜集敌军情报，参与破坏行动，广泛地毁坏法国军用机器。艾米琳说服了贾勒特，并于三年前招募了苍穹姐妹团的第一位成员——戴安娜，紧接着是凯西和碧翠斯。去年，她把自己的侄女——阿拉贝拉也招了进来，至此整个团队组建完毕。阿拉贝拉十二岁那年，她爸爸去世，丢下她一人。从那以后，她就跟着艾米琳一起生活。艾米琳对她的成长一直很上心。当阿拉贝拉满十八岁时，艾米琳断定，她侄女那惊人的飞行技艺可以被充分利用，来报效国家了。

艾米琳走到她们身边时，眉头紧皱。这会儿她什么都不用说了。抬头看一眼天，满天的暴雨云告诉她们：今天下午是飞不了了。阿拉贝拉感到很沮丧。她一直期待驾驶"王子"号练习一下新技能。

"抱歉了，各位，"艾米琳说，"明天也许可以。"

"那我们该干点别的什么呢？"凯西不解。

"这还用问？"戴安娜大声回答，"这可是布莱顿！要不咱们先在码头上散散步？这里可是参观和展示的好地方。"

"可是间谍是不应该抛头露面的。"碧翠斯提醒说。

"我们就不能放一天假吗？"戴安娜央求道。

"不行，"艾米琳回绝了她的请求，"再说，很快就要下暴雨了。建议各位马上回宾馆，早点吃中饭。"

她们正准备回去的时候，突然听到钱恩码头上传来嘈杂声。一群人聚在靠近海滩的西边，一边指着大海，一边呼喊着。阿拉贝拉朝他们指的方向看去,看到海浪里漂荡着一个穿救生衣的人。那个人看起来要么已经昏迷了,要么就是死了。海浪拍打着他,把他推向码头地基处的铁柱子。

第七章　生死营救

阿拉贝拉想都没想，立马扔掉还没吃完的甜筒，冲下水泥台阶，向海边狂奔。她穿着高跟短靴，以最快的速度跑向那个搁浅的人。后面跟着的是凯西重重地踏在地上的脚步声。这时，天开始下雨了，鹅卵石慢慢潮湿起来。雨水拍打着白色的浪花，很快就变成了瓢泼大雨。天色暗了下来，阿拉贝拉感到一阵刺骨的寒意。

她跑到海边，海水冲击着她的脚踝，形成白色的小浪花。狂风在咆哮，海水在嘶鸣，海浪刺痛了她的脸，连眼睛都差点睁不开，不过现在那个人的身影看得更清楚了。那是一个年轻人，面色惨白，满脸瘀伤，一头黑发，还蓄着黑胡子。他脸朝上泡在水里，紧闭双眼，嘴巴似乎微张着。海水一次又一次地把他拍到铁柱子和混凝土基座上。基座上崎岖不平，满是藤壶。他看起来就快要被拍得粉身碎骨了。

阿拉贝拉正要扎进水里时，突然意识到自己身上穿着的厚外套一进水估计马上就得沉下去。于是，她迅速甩掉外套、披肩、束身衣、裙子，还有里面的衬裙，又踢掉了靴子，就穿一件及膝无袖连衣裙，一下投入了浪里。再回头一看，凯西就在后面跟着。在她们身后，一群人正聚集在海滩上观望。而在海滨大道上，艾米琳正边向她们招手示意，边摇着头。阿拉贝拉明白她们正在做的事情是违反规定的。因为苍穹姐妹团的成员必须一直小心行事，最好不要抛头露面，引起人们的注意。但是现在她能怎么做呢？难道就看着这个可怜的人淹死吗？

她朝领导挥了挥手，假装自己没明白她的意思，然后还是一头扎进了浪里。海水冰冷刺骨，脚下尖石硌脚，但她并不怕这些身体的不适，因为她早就领教过。当她冬天飞过法国北部边境的瓦登海时，就能感受到这种侵入骨髓般的寒冷。她怕的是在水里失去平衡，被海浪拍到桥墩的混凝土基座上。她让人高马大的凯西先向前移动。看到同伴紧紧地抓住基座，然后稳稳地站在海床上面，她才松了口气。这样，凯西能在重心向后倾斜的同时抓紧阿拉贝拉，海浪就不会把阿拉贝拉往基座上面冲了。

这时，一个巨浪袭来，阿拉贝拉的鼻子和嘴巴里呛满了难闻的海水。她赶紧用手臂擦了擦脸，眨了眨眼睛，这才看见那个人就在几尺开外的地方。她们慢慢靠近他。阿拉贝拉正要伸手去抓他的手臂时,突然脚下一滑,踩了个空,没抓住码头的基座,整个人都被灰色而冰冷的海水淹没了。她吃惊地张着嘴,海水灌进了嘴里。当凯西把她救起时,她将嘴里的海水喷了出来。第二次尝试的时候,阿拉贝拉抓住了那个人的手腕,使劲把他拉近一点。他看上去已经面如死灰,全身疲软,只有在被海水击打时才会动一下。她虽已尽力去营救,但还是太晚了。她不得不接受这个令人失望的结果。这个人估计死了有一段时间了,身上穿的救生衣印有英国商业航空船队的红色标志。一定是有一艘贸易飞艇沉海了。她想知道这个人还有多少伙伴遇难了。

凯西和阿拉贝拉一起把他拖到了岸边。刚把他放到沙砾上,惊喜出现了:他一躺到地面,就开始咳嗽、作呕,接着狂吐海水。吐了好像有一加仑水后,他又往后躺下了,呼吸急促,紧张地盯着自己看。阿拉贝拉觉得,他的眼睛里似乎露出某种忧郁且恐惧的目光。

凯西兴奋地抓住他的手,说:"太棒了!先生!您还活着!真是老天保佑啊!"

那人张口结舌地看着凯西那张微笑的方脸,就好像见鬼了一样。他立马甩开了她,像新生儿一样蜷曲着身子,用前臂遮着脸，躲到一边去了。

"不要！"他尖叫道，"放了我们！我肯定在做梦！这绝对不可能！你这个怪物！你这个恶魔！快放了我们！"

凯西和阿拉贝拉相互对视了一眼，都惊呆了。这时，雨水拍打在四周的海滩上，海水仍然在咆哮着。

第八章　幸存者的故事

两个小时以后，阿拉贝拉的手脚才恢复知觉。她冲了个澡，换了干衣服。正当她准备下楼去吃午餐的时候，旅馆服务员带了个消息给她，叫她马上去艾米琳的房间。阿拉贝拉知道她惹麻烦了，因为当时艾米琳一言不发地离开了现场。阿拉贝拉真希望她可以理解自己救人是出于本能。当有人危在旦夕时，有些规矩可以也应该被打破。

她进了艾米琳的房间，惊讶地发现除了自己的指挥官以外，还有另外两个人，其中一个就是她们刚刚救下的那个人。他全身蜷在躺椅上，双手紧紧地抱着自己的膝盖。身上穿着件廉价且不合身的黑色外套，那肯定是刚刚给他买的。这会儿，他仍然面色惨白，眼睛直勾勾地盯着前面的墙，好像那里有什么只有他才能看见的东西似的。不过，起码他现在是冷静的。

另外一个人跟艾米琳一样，也站着。他个子很高，光头，眼睛是冰蓝色的。从颧骨到嘴角还有一道白色的伤疤。他一身黑衣，戴着黑色的手套。尽管阿拉贝拉很少见到乔治·贾勒特爵士本人，但还是一眼就认出了他。因为在她还很小的时候，这个人曾经来自己位于梅菲尔区的家中见过她爸爸一两次，那时候他的长相就把她吓得够呛，甚至晚上都会做噩梦。这次见到他，她不再像小时候那么害怕了，不过比较紧张。她想知道他在这里干什么。因为他的身份是英国间谍组织的首脑，所以一直是拿破仑支持者们的主要暗杀目标。他的生活很隐秘。只有在极端严重的情况下，他才会在人前现身。比如今天。

艾米琳跟她打了个招呼，既生硬又正式。就在她示意阿拉贝拉坐下时，阿拉贝拉发现艾米琳的手都紧张得扭曲了。

乔治爵士朝阿拉贝拉鞠了一躬，露出一个浅浅的倾向性很强的微笑。他有伤疤的那半边脸好像不能动。"下午好，女士。我记得在你很小的时候见过你。你的爸爸是我的好友，他很伟大。我知道你立了许多功勋，的确是虎父无犬女。"

听完后，阿拉贝拉尽量笑得优雅一点。因为当别人在她面前说起爸爸的时候,她都不知道该说些什么,想些什么。对她来说,有关爸爸的记忆都是很私人的,她很难把他看成一位公众人物、一位伟人。所以当别人把她跟爸爸作对比的时候,她总是觉得很尴尬。其实,她加入间谍组织飞行团的目的就是想离爸爸更近一点。当她独自一人在空中飞行时,她常常觉得自己做到了。可是生活中的问题却是,别人期望她能成为新一代的阿尔弗雷德·韦斯特勋爵,然而她做不到,她只能是她自己。

"阿拉贝拉,今天早上你坏了规矩,"艾米琳说,"我理解你的所作所为,但是没有规矩不成方圆。规矩坏了,我们的组织就没法运转。我不得不去应付麻烦的媒体,刚才还有好几个就在本馆的大厅里面,要求搞清楚你和凯西的身份。他们想要采访你们。我告知他们,你们都是美国的游客,现在已经搭乘开往沃克斯豪尔的铁马快线,随后会乘下一个航班回纽约。现在只能希望他们相信我的话。"

阿拉贝拉用充满懊悔的眼神看着交叠放在膝盖上的双手,心里只是感到很抱歉。她们救的那个人现在还活着,而且就在离艾米琳不到10英尺的地方。她坚信,与应付当地媒体的几个不方便回答的问题相比,救活那个人值当得多了。

"事实上,今天我叫你来不是要惩罚你的,"艾米琳接着说,"而是……"

她还没说完,就传来了一阵敲门声,凯西、戴安娜和碧翠斯列队进来了。

"呃,这下你们都到了,"艾米琳说,"赶得真巧。"

凯西看到房间里的两位男士时,满脸震惊,这把阿拉贝拉给乐了。不过,戴安娜对这情景倒是显得很从容。

乔治爵士也对她们微微鞠躬以示问候:"女士们,终于见到你们了,真是我的荣幸。艾米琳一直向我汇报着你们的进展和成绩。不得不说你们都是英国的骄傲。"

凯西听得目瞪口呆,碧翠斯尴尬地点点头,而戴安娜倒行了一个优雅的屈膝礼。

"我想说的是,"艾米琳转向躺椅上的那个人,"今早被凯西和阿拉贝拉救上岸的这位绅士,有事要说。要是媒体对他的兴趣跟对救他的人一样大的话,那他们还真的是有新闻了。"

"也许我们应该感激,他们对他并没有兴趣。"乔治爵士说,"我们还不想引起公众的恐慌。"他走到那个人的前面蹲了下来,把那人一直盯着看的那块墙挡住了,"丹佛斯先生!"他大声地说,"您介意把刚才告诉我们的故事,再向她们重复一遍吗?"

他从精神恍惚中猛然回过神来,盯着乔治爵士的脸。之前在海滩上的恐惧表情又出现在了他的脸上。不过,这倒并不是因为看到这位间谍首脑的反应。他的嘴巴开始哆嗦,眼睛瞪得老大,眼神中闪现着阴郁的微芒。吓到他的不是乔治爵士脸上的伤疤和冰蓝色的眼睛。这种恐惧感似乎是源自内心,源自乔治爵士要他重述的记忆。

"丹佛斯先生!"乔治爵士说,"你是商业飞船的飞行员,是不是?你是澳大利亚皇家海军'博瑞爱丽丝'号商业飞船的乘务员,今天早上从福克斯顿出发,飞往西非。"

听完后,丹佛斯眨了眨眼,咽了咽口水,呼吸渐渐平稳。乔治爵士的话似乎让他冷静了下来。然后,他以颤抖而微弱的声音开始回忆,这声音就像是狂风中飞船的吊索那么不稳定。"天气稳定晴朗……我们早上五点就从福克斯顿出发了,以40节的航速,沿着航线一路顺风行驶。正是我导航。我们当时的位置是北纬50度15分53秒,西经0度5分36秒。飞行高度是3000英尺。一望无际的天空几乎是万里无云,碧空如洗……除了一个云团,它在我们上方大概100英尺高的地方。外形很是怪异,又大又圆,像是一个巨大的尘菌。不过它是静止不动的,也没有云团通常的形状变化。当时正刮着风,可是那团云,竟然纹丝不动。然后,竟莫名其妙地冒出……"

他的话戛然而止。瞳孔又突然放大,射出灼人的光芒。

"冒出什么,丹佛斯先生?"乔治爵士催问道,"你看见了什么?"

丹佛斯咽了咽口水，又继续说："先生，那团云里面冒出来的是恶魔一样的东西。我真不知道它是什么。看起来有点像……鸟，但是确切来说，又不是。它很大，就跟近期巴克兰牧师考古发现的史前怪兽那么大，叫恐什么来着。"

"恐龙。"艾米琳提示他说。

"对，"丹佛斯说，"就跟它们那么大，甚至更大点。它的翅膀……"这时候，他脸上一点血色都没了，阿拉贝拉觉得他可能快要昏过去了。"它的翅膀比我们整艘飞船还要宽大。当翅膀完全张开的时候，就像在我们头顶上垂下了一块帷幕，漆黑一片。我无法向你们描述，当看到它从云团里面冲下来的时候，我们心里很恐惧。它那恐怖又锋利的喙大张着，现出似乎会喷火的舌头。它拥有比象牙还要粗的爪子，猛地就撕开了我们的船体。当时，我感觉就像地震引起的颤动，我们的飞船崩塌了，像一只爆炸的气球。但我们并没有掉下去。

"知道吗？我们就像落入狮子口中的初生羊羔一样，牢牢地被它抓住，然后开始朝着那团云，往上飞去。我的一些同伴狂叫着跳下了飞船。他们宁愿从20000英尺的高空掉下去摔死，也不愿意被抓进那团云里，任由里面的魔鬼处置。还有一些人跪下来祈祷。有个人把救生艇充了气。当时，我们马上就要进云团了，没时间了。所以尽管救生艇最多只能上六个人，绝望的人们还是蜂拥着挤上去。许多人要么摔倒，要么被别人推到旁边去，最后都掉下了飞船。"说到这里，丹佛斯默默低下了头，看着地面，然后开始颤抖，"我恐怕也推了别人，我看到至少有五六个人掉下去了。

"最后，只有我们两个人上了救生艇，他去解绳子了。马修，他的名字。马修·格里姆索普。他是个好人，长得高大英俊。他对我笑了笑，好像是在告诉我，'奥利，我们就要成功了'。突然，嗖的一声，那个怪物翅膀上黑色的刀片划过，然后……干脆利落地砍掉了他的脑袋。

"我吓呆了，不会动也不会思考了，就在小艇里面漂了有一里格那么远。某一刻，我肯定开始哭了。我不知道自己是谁，身在何处。大概过了一个小时，我才清醒。我看到大海就在我下面大概1码的地方。我想放掉一点气囊的气，这样救生艇能往上升一点，但是那个恶魔已经把机械都毁了，所以我明白自己正在往下坠。穿上救生衣，我就等着被海水淹死。掉进海里后，我用尽所有力气，奋力往前游。我想肯定是海浪把我冲上岸的。"

"谢谢你，丹佛斯先生。"乔治爵士轻声说道。

第九章 任务

看起来，复述自己的故事已经让奥利弗·丹佛斯陷入了彻底的疲倦。他缓慢地垂下头，又开始望着那面空墙。艾米琳呼叫了这家旅馆的服务生，送他去休息室，并保证救护车马上就到，会把他送到苏塞克斯郡医院，做全面检查。

丹佛斯走之前，乔治爵士紧紧地握着他的手腕，用冰冷的眼神盯着他说："丹佛斯先生，如果你还在意自己在商业飞船飞行队中的前途，那么我希望你不要把今天说的话告诉任何人，家人也不行。"

听完，丹佛斯茫然地看了他一会儿，然后点了点头。

等丹佛斯离开后，乔治爵士又走到了窗户边上，站在自己之前站的地方，望着窗外的雨。艾米琳转过身问姐妹团的成员们："现在你们都已经听完了，谁有什么想说的吗？"

房间里鸦雀无声。阿拉贝拉不知道该怎么理解丹佛斯说的话，而且也没有必要在这个时候，贸然说出什么让别人嘲笑自己的话。戴安娜终于开口了："很明显，这个人是个一流的幻想家。他说的那种动物根本就不存在。"

"我倾向于你的第二个观点，不过第一个观点就没法赞同了。"艾米琳说，"我们确实已经收到了福克斯顿的报告，今天早上七点十五分，他们就跟'博瑞爱丽丝'号失去了联系。而这个时间，和这艘飞船飞到丹佛斯先生刚才说的那个坐标的时间差不多。况且空海的救援艇从八点开始，就一直在南部海域搜寻，没发现任何飞船的踪影。如果是事故的话，那么海上应该会有一些残骸，可是现在什么都没找到。所以似乎确有袭击事件发生。如果我们都同意，丹佛斯所说的空中猎手不是什么自然界的实物，那我们就必须考虑，它肯定是某种机械发明了，或者某种技术，某种……"

"新式武器！"乔治爵士突然转过身插话道。他在地毯上踱来踱去，一边陈述自己的理论，一边用手比画着："我们大家都很清楚，人类的想象力有时可以把一个东西联想成别的东西。经常往返于我们水陆贸易航线的那些家伙，更容易如此。古时的水手曾误把海牛认作美人鱼。就近期来说吧，飞行员在空中看到了光，也认为那是星外来客。我觉得，这件事情也是这样的。一架可能涂了怪异油漆的巨型飞行器，今早袭击了'博瑞爱丽丝'号。而且这架飞行器还配有某种抓钩,用来弄破飞船的气囊,然后把受袭的飞船带到一个秘密地点……"

"那是为了什么呢?"凯西问道。

乔治爵士惊讶地挑了挑眉毛,说道:"这还用问为什么,目的很明显啊。'博瑞爱丽丝'号飞船上载有值钱的货物。我们也知道现在四处都有海盗。法国攻打挪威,战役耗时久,很多人成了绝望的难民,这些难民中有些已经开始袭击我们国家的船和海岸,用的手段跟他们的祖先维京海盗一样。"

"或许还有一种可能,"艾米琳说,"这可能是法国研究的某种新技术,目的就是想要在我国的领空散播恐惧感,这样在他们入侵之前便可以削弱我们的防御能力。"

乔治爵士也承认道:"的确有这种可能。但这些都是我们的猜想而已。事实是我们确实不知道到底是什么袭击了'博瑞爱丽丝'号,能确定的只是这的确是一种全新的袭击模式。可是,这已经是本月失踪的第四艘飞船了,并且是连日来发生的第二起事件了。而我们不能让它再继续了……"

说到这里,他站住了,把姐妹团的成员轮番观察了一遍。当看阿拉贝拉的时候,那冰冷的眼神,盯得阿拉贝拉只能低着头,看自己的脚了。但是,她感觉到他马上要泄露一些高度机密的情报了。

"你们中可能已经有人听过宙斯行动,就是我们计划反击法国的进攻舰队。"乔治爵士说这话的声音就跟耳语一样,"两天后,也就是在六月十八日的黎明,皇家航空舰队中的旗舰'HMAS纳尔逊'号,将会从多塞特郡的韦茅斯港出发,带领一个中队的军舰,直抵法国西北部的格兰维尔港。而法国的旗舰'泰坦'号目前就在那里。他们的任务是摧毁'泰坦'。此次任务绝对不能出任何差错,绝对不能。因为法国人很快就会变换'泰坦'的位置,所以我们不能延迟时间了。这个,这个空中的海盗船,不管它是什么东西,都一定要在宙斯行动之前被解决掉。"

乔治爵士看了看他的怀表,然后说:"我现在得马上出发去伦敦,向首相做个简单汇报。战术的话,交由艾米琳来讨论。"说完,他就朝门外走去,然后又好像想起什么,转过身来说:"女士们,你们有两天时间,两天的时间来清除空中的威胁。你们的国家从未像现在这样需要你们!"

第十章　搜寻

三个小时之后，也就是下午四点，阿拉贝拉已经坐在了这世界上她最喜欢的地方——"科曼奇王子"号驾驶舱的座位，穿着她最喜欢的衣服——飞行员的皮夹克、宽松的羊毛裤、皮靴、皮质飞行帽和护目镜。枫丹白露宫那次任务之后，"王子"号被重新喷了鲜红色的漆，现在已经全部整修完毕。这时，"王子"号已经把暴雨云甩在身后，艇翼在阳光下熠熠生辉。

阿拉贝拉朝肖勒姆空军基地的跑道飞去，后面跟着其他几个"苍穹姐妹团"的成员，她们都驾驶着自己的飞艇。碧翠斯的是蓝色的双翼艇——"马都莱王妃"号。凯西的是绿色的蒸汽滑翔艇——"曼陀罗苏丹"号。而戴安娜的是黄色的机动鸟——"亚马孙女王"号。

艾米琳本身就是一位出色的女飞行员，不过今天不和她们一起飞。因为她得待在地面，和伦敦方面保持联系，并且随时向乔治爵士汇报。除了她以外，阿拉贝拉就是最有经验的飞行员了。而这又是一次纯粹的空中任务，因此她被任命为第一阶段的负责人，此阶段的任务是锁定目标。目标锁定后，戴安娜将接任负责人。一想到自己将带领整个姐妹团执行任务，阿拉贝拉的内心充满了自豪。毕竟她年龄最小，刚刚征召入队，这次任命对她来说是很大的荣耀。

在收到起飞许可后，阿拉贝拉开始沿着跑道加速。这时，稍微有点逆风，速度达不到起飞要求的速度。但加装在双翼的8.303英寸詹宁斯蒸汽大炮平衡了速度。其实，此次任务不仅仅是侦察任务，因为离宙斯行动的启动只剩下两天不到的时间了，所以现在没那么多时间了，她们此行的目的就是要找出那个神秘的空中掠夺者，并且摧毁它。

另外一个增加"王子"号负荷的是一位乘客——迈尔斯——那位有思想的英国人。阿拉贝拉把他放在驾驶舱后面的隔间里。当艾米琳问她的侄女，为什么要带着他执行空中任务的时候，阿拉贝拉发现很难回答。她只能说，枫丹白露宫那次短暂的经历教会她，要信任迈尔斯。尽管他可能总是消极悲观，但是他的直觉已经被证实是对的。即使他被放在看不到的地方，但对于她而言，他已经是一种护身符了。

阿拉贝拉的速度达到每小时65英里，在跑道的尽头腾空起飞。为增加推力,她加大了冲角,开始朝着云端稳健地爬升。在到达1500英尺的高度时,她水平飞行,一边沿着机场转圈,一边等着其他姐妹团成员加入。肖勒姆坐落在靠布莱顿西边不远的海岸。所以从她的部分飞行轨迹上,她能看到大海。这时候的大海,在阳光的银白色炫光下,如深灰色的珠宝般闪烁着。

她看了看导航数据(北纬50度50分10.6786秒,西经0度17分41.0733秒;东风;速度24节),又核对了一遍奥利弗·丹佛斯提供给她们的"博瑞爱丽丝"号的坐标。用这些数据,她算出来的飞行方向是156度30分31秒,大约是南南西方向,距离43英里。如果她们时速达到120英里,那么二十分钟左右就可以到达那里。

当其他姐妹的飞机都升空之后,她通过以太通信器发出指令,要求她们将队形变成一个宽松的"梯子"。阿拉贝拉领头,其他人在她的右边列队,每个人紧跟着左边的飞艇。当她对队形满意了之后,阿拉贝拉便驾驶着"王子"号朝着海岸线飞去,其他三架飞艇开始爬升到2000英尺的正常平飞高度。

当她们从海上掠过时,阿拉贝拉有时间思考一下接下来的任务。她们即将面临的是何种危险?硕大的鸟形机器,强大到能用爪子抓走整艘货轮,它到底是何物?如果这种东西真实存在的话,那她和她的团队对抗这么一个怪物有多少胜算?旋涡状的云,在她身边上下翻腾,就好像是邪恶女巫酿的啤酒所冒出的气。很快,碧翠斯的"马都莱王妃"号被云层遮住了,消失在阿拉贝拉的视线中。

突然,一阵无助感袭来——小铁盒里面的一个女孩,独自一人在无边的空中。她很少有这种感觉,在这种时候,她总是像往常一样做——把自己埋在飞行惯例中。飞行高度、飞行角度、飞行速度,还有风速。她一遍又一遍地检查仪器,但并不是出于飞行需要,而是想要安心。

她们一到达"博瑞爱丽丝"号的失踪地,阿拉贝拉就命令姐妹团立即沿着东、南、西三个方向,呈扇形散开搜寻,自己则集中搜查北边。她给每个人分区是想要尽可能扩大搜索范围,因为她们的机油只够行驶半个小时,之后就必须返回基地。

这个下午,这里的情况和其他地方一样。风暴已经无影无踪,东边吹来的风是温和的。阳光也偶尔从灰白色的云块中照射出来。这片天空,就跟阿拉贝拉飞过成百上千次的天空一样寻常普通。根本就没有恶魔般的鸟,也没有丹佛斯故事中所说的那个奇怪的静止不动的云团。

阿拉贝拉降低了一点高度,开始观察波光粼粼的黑色海面。或许今天早些时候,空中搜寻队会遗漏一些残骸。但是她并没有任何发现,此刻的海面就跟天空一样干净。

很快三十分钟过去了,姐妹团中没有人汇报找到东西,所以阿拉贝拉命令她们,重新编队准备返航。她很失望,尽管一开始她觉得,如果遇到那个巨大的机械怪物,会是很恐怖的事情,但是她很确定,自己的飞行天分和接受的训练会帮自己胜出,而且她会用蒸汽大炮狂轰它。但是现在,她可能永远也没有这样的机会了。她们的任务失败了,乔治爵士肯定会实行B计划,那就是用一艘货轮做诱饵,引诱怪物现身。但是遗憾的是,姐妹团不会参与那次任务了。

戴安娜和凯西已经归队,她们和阿拉贝拉盘旋着围成一个圈,等待碧翠斯。在碧翠斯还没有出现的时候,阿拉贝拉又联系了她一遍。以太通信器的静电发出了噼啪声,这时她听到了碧翠斯超级兴奋的声音传来。她说:"我已经看到那团云了。"她很快提供了自己的坐标,"北纬50度14分43.6146秒,东经0度7分8.28788秒。"

"咱们走。"阿拉贝拉使用以太通信器通知其他两个人,然后径直倾斜着转了一个弯。碧翠斯就位于她们东南方向一公里处。可是现在她们没时间了,只能观察一下云团并记下坐标,然后回到基地加油。

二十秒之后,一道薄薄的幕布似的卷云被分开,在阿拉贝拉的下方，正是碧翠斯那架蓝色的双翼艇。她盘旋在厚厚的奶油色云团的陡峭立面投下的巨大阴影中。云墙缓缓凸起，表面平整得就像是人造的。边缘和底部是弯曲的，而从那往上一直到顶端，形成了一个高大细长的球形。阿拉贝拉从来没见过这么高密度的云团，那质地让她联想起了土豆泥。并且，正如丹佛斯所说，它根本就不动。四周的云向其发起的冲击在触及边缘时就被驱散掉了，可是这个硕大的云团仍然纹丝不动，且毫无变化。那么，丹佛斯说的云团的故事是真的了，那就意味着他说的邪恶鸟也是真的！

戴安娜的声音从以太通信器中传来："干得好呀，'王妃'号。现在我们已经知道它在哪里了，它看起来也不像要到其他地方去。现在我们回基地吧，加满煤粉，然后再回来。"

"不，'亚马孙女王'号，"碧翠斯回道，"我现在就要进去。"

阿拉贝拉震惊地看着碧翠斯的双翼艇，打了个转径直飞进了云团底部，消失在视线中。

第十一章　恐怖云团

"'王妃'号,"戴安娜尖叫起来,"请回答,'王妃'号,我命令你马上回到原处。"

但是碧翠斯没有任何回应,传来的只有静电声。

所有人都沉默了几秒钟,然后阿拉贝拉发现自己正操控着驾驶杆,开大节流阀加速。

她正朝云团飞去。

这就是那天早上驱使她去救人的那股冲动,这是来自内心深处的动力,她自己也没法控制。碧翠斯现在身陷险境,她必须去援救。

"'科曼奇王子'号,"戴安娜又从通信器里尖叫起来,"我现在负责这次任务,我命令你回来。"

阿拉贝拉无视了戴安娜的指令。碧翠斯的双翼艇在那个云团怪异的糊状针织物上，撕开一个洞，那个洞已经在关闭了，好像它会自己修复一样。她计划朝那个比洞高几尺的地方飞去。

阿拉贝拉冲进了那堵奶油色的墙，进入了一个纯白寂静的世界。以太通信器、发动机，还有螺旋桨好像都停止运行了。她想自己是不是聋了？这时，从驾驶舱罩望出去，外面一片纯白，就好像她紧急降落在了棉花山上。她似乎是静止不动的，但是她明白自己必须动起来。因为飞艇的速度是不可能在一秒钟之内，从每小时120英里降到0，并且还能幸存的。

外面乳白色的物体，挤压着玻璃。它的密度看起来，更像是固体或者液体，而不像是气体。如果这时候她打开舱盖，那些东西肯定会把驾驶舱也挤满。她设想自己仍然在飞行，并没有看到艇身周围的物体，但是她怎么能确定呢？她的手颤抖着，把以太通信器拿到嘴边："'王妃'号，'苏丹'号，'亚马孙女王'号，我是'科曼奇王子'号，能听见吗？请回答。"

没有回应。

甚至连静电声都没有。

仪表盘的数据是正常的，但奇怪的是，上面的指针并没有像平常那样，摆动或者是震颤，它们一动也不动。一切看起来都很正常，但却像死了一样。她用拳头使劲儿捶仪表盘,可是连一点最轻微的抖动也没有。她还试着踩节流阀,仍然毫无变化。

恐惧让她恳求自己马上掉头,掉头,掉头,掉头——离开这个虚无的地方。她捏紧了操纵杆,使劲踩着方向舵踏板。就在她即将转身的时候,突然,不知从何处传来了一阵声音:"保持航线,亲爱的。要勇敢。"

爸爸!

爸爸的声音让她镇定了下来,她又能呼吸了。这一切会结束的,必须结束。这个云团不能永远存在。

事实上并没有。

就像她突然进入了一个无声的世界,她突然又从中走了出来。而且身边的声音都恢复正常了。引擎发出轰隆声,以太通信器在嗞嗞作响,螺旋桨发出呼呼声。她还看见了光!那耀眼的银色,使得她眨了眨眼。这颜色不像是普通的日光,更像是皎洁的月光。

然后在她前面耸立着的,是一个又黑又大的东西,她倒吸一口冷气,艰难地向左转。这时火花四溅,一阵磨削的震动划过"王子"号,它的右翼被侧击了。

她马上改变方向,离那个东西远一点。然后,她又看见那个怪异的云团就在自己的前面。只不过这一次,墙是凹进去的。也就是说云团是中空的,而现在她就在里面!

阿拉贝拉继续艰难地慢慢转弯,翼尖扫过云墙的边缘,然后掉转艇身看到了球体的内部。在她的面前,正是之前飘浮着的物体,现在自己差不多要撞上它了。

有那么一瞬间,她觉得很困惑。难道自己是在毫无意识的情况下,从几千尺降到了海平面的高度吗?现在正对着她的,是某种怪异的远洋航轮吗?但是看了四周一眼,她就明白了:它并不是漂浮在水上,而是飘在空中。

它的下半部是个发光的金属碗形物,大概有1/3英里那么宽。这个碗形物,在天空中撑起了一座小型的圆形的城市。这座城市的建筑层层叠叠,大致按照半球的轮廓排列,边缘的建筑宽大低矮,越靠近中心的建筑,越高越狭小。云团里那怪异的光已经够亮了,不过许多建筑的窗户里还是透出光来。走道就跟绑住意大利面的缎带一样,蜿蜿蜒蜒绕着这些建筑。她从这么远的地方都能看到走道上面有人在移动。这些建筑的屋顶成了露台,上面有更多的人围着烟囱四处走动,烟囱正不断往半球形的云团上方喷出黑烟。有些屋顶上还有花园,里面种着树木、灌木、草坪以及爬山虎,那些爬山虎从建筑的边缘垂下来,盖住了下面的窗户。这个城市的四周均匀排列着五个又高又细的塔,每个塔都支撑着一个硕大的正在旋转的推进器。阿拉贝拉只能暂且认为这些推进器是用来保持城市飘浮状态的装置。

当她朝中心飞去的时候，感到震惊不已。这时候，金属船身的几十个小舱口盖全部划开了。每个舱口都伸出了加农炮的炮口，闪耀着刺眼的光芒。突然，四周传来了哨声和重击声，把她从恍惚中震得清醒过来。阿拉贝拉使劲地往左转，往下俯冲，将飞艇掉了头，朝着云墙的反方向飞去。这时，她看到"王妃"号就在她的上方。但是恐怖的是，它已经着了火，正急速下坠，艇尾还拖着浓浓的黑烟。阿拉贝拉立马朝着受袭的飞艇冲去，但是她却只能惊恐地看着它，仿佛消失在下方云团基座那厚重的白雾中。

就在阿拉贝拉准备跟着碧翠斯往下冲的时候，她瞄到了一些闪光的东西。按下来传来的响声实在太大，她都担心艇盖的玻璃可能被震碎。其实就在爆炸前的千分之一秒，阿拉贝拉已经开始翻筋斗。而就在"王子"号快要垂直往上飞的时候，她感觉到在离她几码之外的地方，有弹射物在震动。这时，半个艇身已经翻过来。"王子"号头朝下飞行，然后又翻转回直立位置。下面不时传来枪响声，空中弥漫着炸裂声、重击声和硫黄烟。想要穿过这猛烈的火力，到达云团的底部是不可能的。想到这，她含着泪对碧翠斯轻轻地说了一声抱歉，祈祷自己的同伴，在掉进英吉利海峡之前已经顺利逃生。

阿拉贝拉别无选择，只能尽快逃离云团。这时候，引擎的声音已经不太正常了，燃料肯定不够了。她朝着云墙飞去，但是还没到云墙，一个巨大的阴影就笼罩了她的驾驶舱。她朝上看了看，尖叫起来。

第十二章　巨鸟

阿拉贝拉从来没有见过这么恐怖的东西。这东西外表就像一只巨鹰,但是通体由金属制成。它强壮的脖子上,头部奋力地往前伸。阿拉贝拉能看到上面铆接的部分,还能看见翼羽闪烁着钢铁的光泽。它的眼睛变成了红色,就像发着光的珠子,这会儿正死死盯着她,就好像她已经是它的盘中餐了。那锋利的嘴巴微微张开,都看得到嘴里闪着白光的唾液。这只鸟一边俯冲,一边发出尖叫声,把阿拉贝拉吓得半死。现在,它正弓着背,放下铆接的腿,伸出恐怖的爪子朝她抓来。

正当鸟的一只和"王子"号差不多大小的爪子,从空中削过,离她的左翼只有几英尺远时,阿拉贝拉绝望地向右转。紧接着一个旋转,她操纵飞艇螺旋上升,希望鸟向下俯冲的力量，能让他们之间有点距离。这个办法似乎奏效了，她将节流阀完全打开，继续往上爬升。这时，压在她身上的重力，就好似身体的重量一般。她的头被撞来撞去，手心里都是汗，感觉很滑。但是，她离云墙只有50码了，而且越来越近，眼看着就要成功突围了。

这时，下面传来一声震耳欲聋的叫声，惊得阿拉贝拉从座位上蹦起来6英尺高。这头金属猛禽又飞到了她的面前。这会儿，为了防止她逃脱，它已经完全张开了那巨大的翅膀。它张开嘴，现出黑色的舌头，喷着粉白色的火焰。火焰朝她喷来，舱盖都被熏黑了，驾驶舱的空气也开始发烫。阿拉贝拉又尖叫起来，她觉得自己快烧起来了，护目镜都好像在脸上熔化了。她推了推控制杆，盲目地往下俯冲，正巧成功地从鸟的两腿之间飞过去了。然后她尽最大的可能往上飞。这时候的"王子"号，就像一支垂直往上射的箭。阿拉贝拉的肌肉已经紧张到不行，脑袋也感觉要爆炸了，从变形的护目镜往外看，整个世界一片模糊的黑暗。但她还在操纵飞艇，不断地往后拉，直到整个艇身都翻了过来，鸟也在她的下方。就在她这个跟头翻了四分之三的时候，阿拉贝拉摸到了控制杆上面的射击按钮。当巨鸟又重回视线，处在45度水平角的时候，她开始射击。两枚炸弹在巨鸟胸前的铁羽毛上炸开，巨鸟拍着翅膀往后退。这下，没有什么可以阻挡她逃离这里了。她离云墙越来越近，越来越近。

咚!

这声音和震动,把她摇得跟铃锤一样。她重重地撞到了飞艇的窗户上。尽管这样,阿拉贝拉还是使劲地眨眼,试图保持清醒,她还想要继续飞。然而尽管她仍然在驾驶飞艇,"王子"号却没有任何反应。她又加油,引擎发出噗噗的声音,推进器也转得更快了,但是"王子"号仍然没有挪动一寸。这时她抬头看了一眼,恐惧感袭来。透过已经烧焦的窗户玻璃,她看到飞艇被六只金属爪子钩住了,每个艇翼三只。

原来那只鸟已经抓住了她!

巨鹰硕大的金属胸和鸟嘴从爪子的上面敔起来。金属翅膀就像两块巨型的黑色裹尸布一样,笼罩着鸟身。阿拉贝拉瞥了一眼它下部正在运转的复杂机械——传送皮带和齿轮正在运转,曲柄轴也在旋转,巨大的活塞正在抽吸。当巨鸟抓着她飞得越来越高的时候,她甚至都能听见排气管发出的嗞嗞声。

这时候,阿拉贝拉意识到自己已经失败了,便只好松开控制杆,靠在椅子上把护目镜推开,用袖子擦了擦脸。她的头很疼,脸上被护目镜烫伤的地方,摸起来是软的。有一小会儿,她什么都做不了,只能呼吸。行动甚至是思考都仿佛离她远去了。

　　这时候，窗外的场景引起了她的好奇，她渐渐恢复了意识。他们现在正慢慢靠近这座空中堡垒。离它越来越近的时候，很多细节就变得清晰了。她注意到，那些从远处看起来光滑发着光的很有未来感的塔，实际上就是由很多奇怪的材料东倒西歪地混杂在一起的。那些材料都是从不同的地方弄来的，钉在一起或者是焊接在一起就变成了墙的窗户还有屋顶。墙是由浴缸、工厂机器上的大齿轮，还有一些飞行器的零部件建成的。之前看到的那些屋顶上，炮口从钢炮塔伸出，还有那些房子，其实是由弯曲的平底小船的木质顶做成的。甚至城市中心那栋最高的建筑，实际上并没有非常高，只不过是建在其他的房子上面而已。整座城市，就是一座堆满了诡异建筑的大山。这些房子都是一个堆叠在另一个上面。从中蜿蜒而过的小道，也只不过是乱成一团的坑坑洼洼崎岖不平的小路。就连从远处看来那么震撼的花园，也只是脏兮兮的草块，杂草丛生还长满了肆意生长的树和灌木丛。那些从屋檐垂下的爬山虎，像窗帘一样往下吊着，其实是因为根本没有人修剪。

　　如果要说这个城市很古怪，那么住在城市的居民就是阿拉贝拉从来没见过的那种。在离城市中心不远的地方，一群人聚集在一个屋顶的露台上，这只巨鸟好像也是要朝那里飞去。在这个欢迎的聚会上，男人们的头发很长，胡子拉碴，身上穿的衣服也很不合身，就像是穿了一个破袋子一样，毫无风格。她看见一个人，穿着条纹裤子，配了一件陆军的夹克，还戴了一顶高高的帽子。她还看见一个人，穿着双排扣的长礼服，及膝的短裤，戴了一顶草帽。女人们的装扮也没好到哪去。有好几个穿着破旧的晚礼服，系着彩色的围裙，戴着镶边的女佣帽，更不要提眼罩了。的确，有不少男人和女人都受了重伤。阿拉贝拉数了数，至少有六个人的眼睛是罩起来的，手上装了钩子。当她和巨鸟着陆的时候，装着钩子的手兴奋地在空中舞动着。

第十三章　空中总督

奇怪的是，那只大鸟轻轻地把她放在了平台的中间。这个平台是个平坦的屋顶，屋顶上铺着掉色的饱受风霜的木板，周围围着几根大烟囱。阿拉贝拉就待在她的驾驶室里，紧张地望着外面衣衫褴褛的人群逐渐靠近。

这时候，一阵齿轮的转动声和蒸汽的咝咝声传来，她抬头看到巨鸟松开了爪子，挥动起机器翅膀。力量之大，把好几个围观者的帽子都吹得掉了下来。然后这只强大的机械鸟起飞了，绕着平台盘旋了一下才从视线中消失。因为它的任务已经完成，它已经抓住了阿拉贝拉，还把她带到了这个奇怪的地方，现在她的命运就掌握在这些看似更奇怪的人手里了。他们会把她怎么样？是不是只要她一走出来就把她撕成碎片？然后把"王子"号变成他们那些可笑的建筑的材料？

这时候情景已经有些不容乐观了。因为有胆大一点的人开始用他们那肮脏的手指，触碰双翼和艇身，还朝着他们的同伴诡异地笑了笑。咧开嘴笑的时候，满嘴的黄牙和断牙暴露无遗。从这点来看，这些人可能的确设计了一座飘浮的城市，但是很明显，他们没有掌握最基本的牙科技术。

这时候，阿拉贝拉一把从控制台上把爸爸的照片抓了下来，塞在外套的口袋里。因为这些野蛮人，可能会把"王子"号夺走，也可能会从她僵死的手指中抢走那张照片。

这群暴徒正在渐渐靠近，等到其中一个跳起来打开舱罩只是时间的问题了。突然，平台另外一边的嘈杂声转移了每个人的注意力。人群当中分开一条路，一个人大步走了过来。阿拉贝拉见到他的第一个念头就是，这个人实在太令人记忆深刻了。他个头本就很高，头上戴着的一顶破旧三角帽让他显得更高了。他的胡子短短的，修剪得很好，但头发倒是很长，还卷了起来，装饰着五颜六色的珠子，一直垂到肩膀。这个人的肩膀很宽，每个肩膀上隆起的盔甲使其变得更宽了。盔甲是层层叠叠的皮革用金属铆钉固定起来的。一只强壮的前臂上戴着锁子甲，而另一只手臂上有五颜六色的文身。

他的样子，让阿拉贝拉想起小时候爸爸曾经跟她说过的一个童话故事，那里面有一个角色，是个恃强凌弱的海盗王。但眼下，这个统治者可不是幻想出来的。他的身上毫无绅士风度，也不会让人生出亲切感。阿拉贝拉在他冰冷的注视与残酷的嘲笑中不住地颤抖。他交叉着背着手，那姿势就像是在检阅刚刚到手的奴隶。

这位海盗王朝人群当中的一个人点了点头，那个家伙立马就爬上了"王子"号的艇翼，打开了舱罩。外部的空气猛地冲进了驾驶室，阿拉贝拉闻到由各种气味混合而成的刺鼻味道，有煤烟味、汗味，还有腐烂的食物的味道。这气味让她想起，星期六下午忙碌的伦敦大街上的气味。地球上最后一块纯净的地方，就这么被这座不健康的城市给污染了，这让她有点伤心。但实际上，这是她最不用担心的事了。因为眼下，她最该担心的是自己的人身安全。那个打开舱罩的人现在就站在她的上方，欢笑着咯咯叫。有那么一刻，阿拉贝拉想知道，她是不是要被拖出来，立刻被处死。

但是那个小兵从飞艇上跳了下来，海盗王往前走了走。"美丽的女士，欢迎！"他的声音竟然是温柔的，"我是空中总督奥丁——你所看到的所有人的统治者和主人。请告诉我，你是谁？"

阿拉贝拉被他的声音镇住了。这声音在平和中透出无礼，但似乎又有些紧张。他的内心仿佛有被压抑着的暴怒，可能随时都会爆发。

"阿拉贝拉·韦斯特女士，"她尽可能用镇定的口气回答，然后又提到了她常用的掩饰身份，"我是空中姐妹团的一员，成员都是女性，我们剧团都是表演特技飞行的。"

奥丁听完后，似乎觉得这很可笑，他摸着下巴假笑道："特技表演剧团？但是你离这里的付费观众可有点远啊，你是要逗谁笑呢？"

"我们当时正在演习……"阿拉贝拉开始解释，然后觉得这似乎听起来有点太军事化了，"我的意思是说，我们正在练习……日常练习。我们团里有人发现了这团——这团云，我是跟着她进来的。要是你放我走的话，我觉得她现在需要我去救她。"

奥丁笑了起来，带着刻薄与恐吓。这时，人群中也传来了零星的嘲笑声。

"你哪里都不能去，阿拉贝拉·韦斯特女士。"他说的时候，嘲弄地强调了一下她的名字。

这些话就像是硫酸一样渗进阿拉贝拉的体内，摧毁了她的自信。"请问我是否可以理解成现在我是您的囚犯了，先生？"她的声音十分微弱。

"这是对目前状况相当正确的理解。"奥丁边回答，边朝着人群咧着嘴笑，这引来人群发出了更喧闹的笑声。

阿拉贝拉咽了咽口水。在这个人面前她毫无抵抗的能力。她的处境是没有希望的。所以这时，她就像小时候无能为力时常做的那样,开始提条件。"既然这样的话,"阿拉贝拉说,"我要知道我现在在哪儿,这是什么地方?就算是囚犯也有权利知道这些。"

可是这只是让人们笑得更大声一点,阿拉贝拉开始思考,她在这群人当中的唯一意义,是不是就是给他们带来笑料而已。

"囚犯还有权利?"空中总督咯咯地笑道,"这些住在地面上的人还会想到什么?"

这下他严肃了起来,人群也安静下来。

"在这些都不存在之前,我也曾是住在地面上的人。"他朝着这个王国挥了挥有文身的那只手臂示意了一下,"我曾经是挪威舰队的舰队司令,和博尼作战,让他远离我们的海湾。但是,一件小事使得我被免职,突然间,我,一个有能力有眼界的人就出局了,再也没有可为之奋斗的国家。于是,我很自然地就成了一名海盗,掠夺船只,袭击沿海地区,从特罗姆瑟到斯塔万格,从伊斯特本到因弗内斯,过着体面的生活。有一天,一位英国船长抓住了我和我的船员,他的名字叫艾伦森。他是一个既野蛮又非凡的人,他折磨了我们八天,无所不用其极,让人痛不欲生。一百二十三人,只有两个人经受住了折磨——我和我的水手长,科莫多斯·

贝恩。船长十分敬佩我们的忍耐力，所以放了我们……这段和艾伦森在一起的时间，我和贝恩都学到了一些东西。他知道了人的残暴是没有限度的，这也是他直到今天还一直记着的教训。我呢，我明白了，在臣服于另一个人的力量之前我可能就已经死了。"

当在说他自己的故事时，他的眼神深邃了起来，脸因深藏的愤怒而变得紧绷。似乎有那么一会儿，他甚至忘了自己在跟谁说话。然后他回过神来，向阿拉贝拉说道："女士，欢迎来到塔拉尼斯。在这儿我不会向任何人臣服，不管是法国人、英国人还是挪威人。他们都无权号令我，我可以自由追求我的财富梦和权力梦。我和我的塔拉尼斯人民想去哪就去哪。我们可以抢这世上所有空中货轮的食物和珠宝，把他们的船员变成我们的奴隶。在这个保护云之下，我们已经到过地球上的任何地方，美国、东印度洋还有中国的南海。现在我们正在回国的路上，是时候让你们英国人拿喉咙来尝一尝我们空中之城的刀刃了。阿拉贝拉女士，你想知道你在哪？这里就是塔拉尼斯，它可以是自由的国度，也可以是恐怖的国度，这就看你怎么看了。"

阿拉贝拉不知道该怎么回答，所以她什么都没说。

奥丁走近了些，钦佩地抚摸着"王子"号鲜红的油漆，说："那么你是空中的艺术家了，"他嘀咕道，"你刚才的表演我很喜欢，你躲开恐惧之鹰的表演非常震撼，你很有才华，告诉我，你已经在剧团里飞行多久了？"

"大约一年。"阿拉贝拉答道。

"一年？"奥丁若有所思地点点头。他继续抚摸着艇身，就好像在抚摸他喜欢的马，"你在国内演出过很多次吗？"

"夏天的时候一个月三四次吧。"

奥丁盯着她。

"骗子。"他突然叫了起来，径直冲上艇翼，一把把阿拉贝拉拽出了驾驶舱。他拎着她的衣领，阿拉贝拉离他的脸就几尺远了。她都能闻到他呼出来的焦洋葱味儿和咖啡味儿。

他把她扔了下去。阿拉贝拉想要抓住驾驶舱后面通信器的天线，但是没抓住，她猛地摔到了下面的木地板上。撞到地面的时候，肩膀上一阵剧痛。她紧闭双眼，咬紧嘴唇，不想叫出声来。

这会儿，奥丁已经跳到了地面上。他用手指着艇翼下面安装的詹尼斯蒸汽大炮，瞪着她说："我想这也是你表演的一个部分吧？"他怒喝道，"当你在空中表演完滚动和翻筋斗，大家都很兴奋的时候，你就要把他们炸死，对吗？现在你跟我讲实话。你是为帝国特工队工作，对吧？你和你的飞行员同伴是在执行任务，想要把我找出来，然后摧毁我。我说的对吗？"

第十四章　不速之客

空中总督奥丁蹲在沮丧的阿拉贝拉身边。他从腰带里拿出一把刀，顶着她的喉咙轻声说，那声音镇定得让人惊恐："阿拉贝拉女士，你对我是没什么用的。你的飞艇有些部分我倒是可以用用，至于你嘛，长得一副娇弱的样子。而且今天早上我们逮住'博瑞爱丽丝'号后，做苦役的人也已经满员了。你现在还能活着的唯一的原因，是我觉得你那美丽的小脑袋里可能有一些情报，我能用的情报。好吧，告诉我你到底是不是间谍？"

阿拉贝拉的脖子上架着锋利的刀，她都没法清晰地思考了。"我……我是名飞行员，做特效表演的飞行员。"她结结巴巴地说，"那些枪，枪是我们表演的一部分，是用来射击假目标的。我们……"这时她感觉到刀刺进她的皮肤，她不敢再说话了。

"闭嘴!"奥丁暴喝一声,"别再扯愚蠢的谎言。我知道有一个人从'博瑞爱丽丝'号逃走了,他肯定到了岸上,提醒了你们政府。要不然,几个小时以后,怎么可能有四架全副武装的飞艇飞到这个地方?别再浪费我的时间,赶紧承认你就是间谍,告诉我我想知道的东西。"

他靠得很近轻声说:"我得到消息,三十六小时之后,你们英国人将会对博尼的入侵舰队发起攻击。被派遣的部队是皇家航空舰队的旗舰,澳大利亚皇家海军'尼尔森'号,这也正是我计划抓住的船。"

听到这些话,阿拉贝拉尝试着压抑住自己的震惊。"我不知道你在说什么。"她低声回应。

刀头刺得更深了,她都能感觉到血滴在皮肤上滑动。但是她告诉自己不要放弃希望。这个时候,戴安娜和凯西肯定已经回到了肖勒姆基地,她们很快就会带着一支装甲舰队回来的……

奥丁的脸就在她的上方,既庞大又可怕。"女士,不要幻想着被营救。"他说,就好像刚才进到了她的脑子里,"你觉得我们会待在相同的位置这么久,直到被发现吗?这座城市底部有方向舵和螺旋桨,正在不停地改变我们的位置,不然我们怎么可能这么久没被发现呢?现在为什么不聪明一点,告诉我'尼尔森'号的航线。它要从哪里出发,到哪儿去?"

"我不知道你在说……"

"要是不告诉我的话,我就只能把你送到科莫多斯·贝恩那里去了。相信我,你不会想要见的那个人的。"

这时附近的某个地方,人群当中开始低声吟唱:

科莫多斯·贝恩,这人是疯子!

科莫多斯·贝恩,他知道什么是疼!

"我们在塔拉尼斯这段时间,也曾经抓住过一些勇敢的男人和女人。"奥丁吸了口气说,"但是贝恩先生,最后都把他们驯服了。所以阿拉贝拉女士,不要尝试勇敢了……"

就在这时,跑步声传来。"总督!总督!"一个人上气不接下气地喊着。

奥丁抬头看了一眼:"什么事?"

"一架飞艇正在靠近,长官。"

一听到这个消息,阿拉贝拉心跳都加快了。他们已经找到她了!

奥丁质问:"是什么样的飞艇?"

通信员说:"从这里你就能看见。"这个人穿着破旧的军大衣,戴着尖尖的帽子,不过帽子太小,勉勉强强才盖住浓密的稻草般颜色的头发。奥丁从他手上抓起望远镜,放到眼睛上。

就在阿拉贝拉想要站起来的时候,一个身形魁梧的人马上就抓住了她的手臂。这个人就是当时跳上"王子"号艇翼的人。阿拉贝拉想要挣脱,却被他牢牢抓住的手弄得生疼。他还命令道:"过来。"他把阿拉贝拉拖到了屋顶边缘的悬崖边。奥丁正和其他人聚在那里,想要看清楚正在接近的飞艇。

阿拉贝拉踮起脚尖,目光越过站在前面的那些人。在下方的遥远处,她看到了一架单引擎飞艇,正朝着塔拉尼斯最宽的地方飞来。那地方正好是球形的金属壳体和城市底部连接的地方。但那并不是她期许当中的武装舰队。这是她记忆中曾见过的飞行器中最不起眼的一种。外形破旧,像是被撕裂了,震动起来就像是早期的蒸汽自行车模型。它似乎是在星期天下午业余爱好者用布片和试井钢丝拼凑起来的玩意儿。就这么一个装置,竟然可以升空并且独自飞到这儿,坦白来说,阿拉贝拉感到非常震惊。

"那是商人飞艇的颜色。"奥丁还用望远镜看着说。

"长官,我们要开火吗?"通信员问道。

"不。"奥丁说,"让它着陆,然后马上带飞行员来见我。要是他有东西卖的话,我想先看看。"

他们都在看着这架迷你飞艇降落。它沿着城市外围的平面环形道路，碰撞着滑行着。

就在每个人等待来访者被带到奥丁面前的时候，阿拉贝拉又想把自己的手拽出来，不过这只是让她的手被抓得更紧了。"小妹妹，你哪都别想去。"他那令人作呕的牙齿里迸出了兴奋的声音。

十分钟后，靠近平台另一端的门开了，从里面走出一个个子高高的年轻小伙子，由两名身着灰色制服的守卫左右陪同。看了他一眼后，阿拉贝拉的胃里就开始翻江倒海，作为一名飞行员，她从来没有过这种感觉。那个男孩穿着脏兮兮的双排扣军装，颜色是美国军队的蓝色，还戴着金色的肩章。领口的三颗扣子是开着的，脖子上系着一条沾满油渍的红色围巾。护目镜推在了前额上，露出那"热情的，黑色的双眼"。

本·福雷斯特！

第十五章　以太盾生成器

这位美国雇佣兵是阿拉贝拉最没有预料到会见到的人,确实也是最不想见的人。六周之前,自从他从她身上偷走以太盾的方程式之后,他可能就成了英国政府在全球范围内最想要见到的人。但是对阿拉贝拉来说,情况却完全相反。一见到他,她的胃就翻江倒海,纯粹是因为自己身体虚弱。不过她对这个年轻的战争投机商的鄙视丝毫没受影响。

然而令人不安的是,从他朝她微笑的样子来看,似乎他的感觉跟她的不完全一样。他举起手来问候她。

"尊敬的女士,近来过得如何?"

阿拉贝拉低下了头,现在最安全的就是假装他们完全不认识。

奥丁怀疑地扫视了他们。

"你可以把那个东西放到这儿。"本对着第三个守卫说,这个人扛着一个金属箱,跟跟跄跄地跟在他后面。他呼出一口气,把箱子丢在了木板上。"先生,小心一点儿!"本责备地说,"这里面可有许多昂贵的设备。"

"你们俩认识吗?"奥丁皱着眉头质问道。

本以老友的方式对阿拉贝拉笑了笑:"是啊,最近我们在法国一起合作过一个小项目,我们是很好的队友,是吧,女士?"

"她是间谍吗?"奥丁逼问。

本犹豫了一会儿,这时阿拉贝拉的心跳都漏掉几拍。他皱了皱眉,好像被这个问题困扰到了。"我不这样觉得,"最后他终于说话了,又朝着她咧嘴笑了笑,眨了眨眼,"但是,这些天以来就不好说了,是吧?"

奥丁不满地哼了哼,他的目光落到了那个金属盒上:"你是怎么找到我们的?"

本笑了笑,可是没人跟着笑,围观的气氛还冷淡了些,他似乎没太在意这个问题。他这个傲慢的态度,使得奥丁本人看起来马上就要喷火了。

"你是猜不到的,"本说,"我正从费康到沃辛,你懂的,做生意。恰巧碰到了这个又大又光滑的云团,外形就像是一个特大号的足球。我就自己猜啊,本,我觉得……顺便提一下,我的名字是——本·福雷斯特,很高兴见到大家。"他微微一笑,浅浅地鞠了一躬,"所以我就想啊,这不是自然形成的云团。那如果不是自然形成的话就肯定是人为的。作为一个有着多年磨炼出来的商业直觉的人,我的逻辑是,有人的地方,就有钱可以赚。任何一个头脑清醒的生意人都不会错过这种机会的——"

"够了!"奥丁终于怒吼了出来。

一个蓄着灰白胡须的守卫,狠狠地打了他的脸,本摇晃了一下,然后又猛地被握住了脸。"你是在面见奥丁,"守卫吼道,"塔拉尼斯的空中总督。说话的时候要尊重。不准笑,回答要简明扼要。"

奥丁走近了些,审视着他说:"美国人,说说你是做什么生意的。一句话说完,否则的话我就让你走跳板。我们船上的跳板是很短的,但是离地面还有很长的一段距离可供坠落。"

面对这个挑战,本皱了皱眉。就在他马上要开口的时候,又思考了一会儿。然后他伸出一个食指,用口形比画着"一句话?"好像是要确认一下空中总督是不是真的是这个意思。然后他挠了挠头,陷入了沉思。他的这些动作有点虚张声势,阿拉贝拉都忍不住佩服了起来。这个年轻人在道德方面可能是个卑鄙小人,但不可否认的是他也有勇气。

"我想把无坚不摧卖给你。"最后本说道。

奥丁挑起眉毛:"无坚不摧?"

"是的,"本点点头,"先生,这个箱子里就是以太盾生成器。"

这些话让阿拉贝拉大吃一惊,她对本·福雷斯特刚刚产生的同情立马消失殆尽。他竟然要把以太盾卖给一群普通的强盗!

"如果您要让我演示一下的话。"本蹲下来打开箱子说。人群拖着脚围拢过来,都想看一看这个"无坚不摧"的机器长得什么样。

本从箱子里面小心翼翼地拿出一个设备。只见四个精雕细琢的青铜脚上顶着的是个红木抛光的精美立方体。它的一侧伸出一根像小炮一样的小铜管。这个立方体顶上有五个各约8英尺高的铁塔,绕着它面上一个小小的青铜镶边的洞围成一圈。每个塔上都紧紧地缠着一卷铜线。

本指着那些塔说:"我的朋友们,这些就是电磁铁。这样排列起来,在一定的频率下,它们就可以打开一条通道通向以太空间。"

一提到那个神秘的地方以太空间,人群当中就传来窃窃私语。阿拉贝拉感觉到了一种刺痛般的兴趣。每个学生都知道，以太是所有东西借以传播的隐形媒介，包括光、声音、实物，甚至可能还包括思想。但是没有人知道以太到底是什么。直到五年前，一位英国的科学家约翰·佩尼在做电磁铁实验的时候，偶然发现了以太空间。这是一个由以太构成的次元。尽管很快就证实了，以太空间和我们的世界之间存在着以太的恒流，但是研究者们仍然没能进一步了解以太的本质。科学家们、工程师们，还有哲学家们，对以太空间很感兴趣，但是他们没有为其找到实际的用途。直到拿破仑麾下的技术专家们发明了以太盾生成器……

本解释道："以太盾生成器的工作原理是通过以太空间传递金微粒。这个过程会从这里产生以太能量泡沫……"他指着立方体一面伸出来的小型青铜炮说，"这些泡沫会覆盖你想要保护的物品，使得任何武器都无法穿透它。"

奥丁朝着那个设备走近了些，带着怀疑的眼光审视着它："你是真的想要我相信，就这么个小玩意就能保护我的城市吗？"

本摇了摇头："我是一个商人，空中总督。我知道有些像我这样的商人为了做成买卖，总会讲得天花乱坠，但我不是，上帝作证，我讲得千真万确。而且我现在可以告诉你，长官，以太盾生成器可以带动一台比这个大上百倍的机器，传递出超过整个加利福尼亚州所拥有的金微粒，来保护你的整座城市。但是如果你说的是保护小一点的东西，例如一个人——假如你原本想要一个，比方说，个人护盾来保护自己——那么我的机器完全有能力做到这点。"

奥丁若有所思地点点头："证明给我看。"

"行。"本屈身蹲在他的金属箱旁。箱盖里面是一个集刻度盘和指示器于一体的操纵盘。他用一根线将这个连上以太盾生成器，然后用手指轻击操纵盘上的开关。设备开始嗡嗡作响，指示器上的指针摆动起来。他调整了一些刻度，嗡嗡声越来越大，开始转为吱吱声，像一个被调试的以太波接收机一样吱吱响。这种声响最终变成恒定的噼啪声，这时在众人惊愕的目光下，五座电磁塔之间出现了非常怪异的东西。

第十六章　现场演示

　　关于这个东西，如果能说出来的最多也就是，它的形状可能是球形，也有可能是立方体，或者是别的形状。大小就如一个板球，可能大点儿，也有可能小点儿。至于颜色，你可以说是灰色，也可以精确点，是蓝色、橘色、黄色，或者是黑色，但是也有可能是错的。所以关于这个东西什么都不好确定。不管它是什么，当它在以太盾生成器的电磁塔之间，凌空盘旋的时候，这个东西发出了爆裂声和嗞嗞声。它不可描述，而且每个人盯着它看的时候都感觉相当地疲惫。

　　本瞅着人们脸上露出难受的表情，笑了笑说："我的朋友们，盯着以太空间看，可是最会引起头疼的。我们的大脑还不能处理这个东西，所以我给你们最强烈的建议就是看别的地方。"

说完，他从箱子的另一个格子里拿出一根装着透明金色液体的玻璃试管。他把它举高，光线穿过液体，每个人都能看到液体的美。看这个东西，眼睛现在舒服多了。

"纯金微粒悬浮在液体上面。"本大声告诉充满喜悦、正在窃窃私语的人群。他拔出塞子蹲下来，把试管的边缘放在那团怪异的悬浮着的形状的上面，"我现在又要把金子倒进以太空间，你们将会亲眼见证接下来的事情。"

本保持那个稳定的姿势很长一段时间。阿拉贝拉觉得自己对期待发生的事情感到越来越紧张。她猜，要是本能用魔法变出一个鼓，他可能已经这么做了。而实际上，这不仅仅是一场有关他的销售技巧的戏剧表演。

最后，试管的角度开始越来越接近水平方向。金色的液体沿着试管的玻璃壁滚下来，一秒钟左右后在边缘形成一个小水珠。然后变成一条细细的发着光的水流，穿过那个神秘的形状，流进下面立方体表面的小洞里。

就在小水珠挂在玻璃边缘即将掉落的那个瞬间，阿拉贝拉确切地感觉到她看到了一条金色的线，从那个形状的底部垂到那个小洞里。就好像金子在没被倒出来之前就已经到了它该到的地方！难道是以太空间早预料到水滴会掉落吗？它知道将要发生什么吗？还是这都是她自己的臆想？

不过当她跟别人见证了接下来发生的事情之后，这些引人入胜的猜测很快就被抛到了一旁。

第十六章 现场演示

本蹲在设备旁边，他的正前方就是那个从立方体一边伸出来的迷你青铜小炮。当试管里最后一滴液体穿过以太空间，倒进红木立方体的时候，设备内部发出了低沉的汩汩声。然后从小炮的嘴里喷出了细白的喷雾，阿拉贝拉觉得那就像是香槟泡沫。那些喷雾把本从头到脚遮了起来，他全身闪耀着金光就跟某种人造钻石一样耀眼。

这时候，本站了起来，全身仍然发着光。他朝着惊讶不已的人群走近了一两步，但是他们都在往后退，突然变得害怕起来。阿拉贝拉还站在原来的地方，但是那个紧张的守卫把她往后拖了拖，还死死地抓着她的手臂。

本身上的光芒慢慢褪去，他站在他们面前，看起来似乎被他们的反应有点逗乐了。

"我现在已经被以太盾保护起来了，"他大声说，"有没有人想要开枪打我？"

奥丁从腰带的枪套里掏出一把手枪瞄准了他的额头。

"请便。"本耸耸肩说。

空中总督大笑一声，扣动了扳机。

开枪了。

可是本没动，甚至连眼都没眨一下。

每个人都倒抽一口凉气。"子弹去哪儿了？"奥丁质问他，然后他自己找到了子弹，这会儿它正在以每小时1英寸的速度，朝本那从容不迫的额头飞去。

本从空气中把子弹拽了下来，交还给奥丁说道："先生，您的子弹。"

这一下，奥丁又大笑了起来，那声音刺耳，他结结巴巴地大叫，就像是一个刚从赌场赢了一大笔钱的人，不敢相信自己如此幸运。

"开枪！"他对着手下大喊大叫，"火力全开！用光你们的弹匣！"

这时候，一些士兵走上前来，把快速轮发式齐射枪放到肩膀上瞄准本。

阿拉贝拉悄悄喘着粗气。那一小管金子肯定不够武装这个男孩抵挡住现代炮火的猛攻。但是被枪瞄准的目标似乎一点儿都没有忐忑不安。"来吧，不要害羞。"他还催促着他们。

接下来的一瞬间，空气中到处都是震耳欲聋的枪声。每个人都发抖了，每个人都惊慌地闭上了眼。

每个人都这样，除了本·福雷斯特。

他如之前一样冷静地站在风暴的中心，周边的空气都颤抖了起来。空气中散落着几十颗子弹，朝着他的脸、胸膛和胃的方向以蜗牛的速度在慢慢聚集。他随意地用手臂一扫，所有的子弹都咔哒一声掉在了木地板上。

奥丁走得离他更近了。这次他从腰带中拔出一把刀,之前他就是用这把刀来威胁阿拉贝拉的。他抬起手把刀高举过头顶,突然刺向本的胸膛。可是就在离目标5英尺的地方,刀头突然猛地停了下来,把奥丁往后强烈地一震。他只能松开了刀,揉了揉自己疼痛的肩。然而这时候,小刀还在空中非常慢地朝着本的胸膛移动着。本握住了刀柄把它还给了奥丁。他把刀放回腰带上,然后试探性地朝本伸出手,摸到了他之前瞄准的胸膛。

"我能碰到你。"奥丁惊讶地说。

"以太盾感应到你是没有危险的。"本解释道。

"它是智能的?"空中总督皱着眉头问。

本摇了摇头:"也不全是。它是对我们的能量十分敏感。当它收集到了负能量,比如说它感应到你想要伤害我的时候,它就会自己激活。"

奥丁突然满脸警觉:"那什么都伤不了你了?"

本笑了笑说:"空中总督,放松点儿。我来这儿不是来威胁你的。记住,我只是一个商人而已。我唯一关心的就是生意。那现在怎么说啊?对我的产品感兴趣吗?"

奥丁点点头:"但是我自己并不想要这个盾。"他环视了一圈说:"我的子民爱戴我。我为什么需要这个来保护自己呢?你这个设备我已经想好了别的用处。美国人,你来得刚刚好。一天半之后澳大利亚皇家海军'尼尔森'号就会穿过英吉利海峡。我的恐惧之鹰——荷鲁斯[①]到时候会抓住它,我想用以太盾把荷鲁斯保护起来。"

"你的恐惧之鹰?"本问。

"一只用来捕猎的钢铁鸟,"奥丁解释着说,"从嘴巴到尾巴是20码长,翼幅50码宽,你能把它保护起来吗?"

本吹了声口哨:"这听起来就像是一只巨鸟。先生,我觉得我帮不了你。这么大的机器我做不到,况且在一天半的时间之内也是绝对完成不了的。"

奥丁又点了点头:"我懂了。"说完他朝阿拉贝拉走来。他用冰冷的目光盯着她,阿拉贝拉全身发抖。他走到她身后,突然锁住她的脖子。这下她又一次感觉到刀片抵着自己的脖子。她挣扎着,但是没办法让自己逃脱。在她听来,他的呼吸声是那么的刺耳。

"让我们这样来说吧,"奥丁说,"你在6月18日黎明之前,帮我的鸟做好盾,否则的话你的朋友就会死。推销员先生,这价格还公道吧?"

本皱起眉头:"先生,通常我喜欢用钱来做交易的,而不是拿命。"

"那在塔拉尼斯我们做事情的方式是有点不一样的,"奥丁不满地说,"明白吗,这个城市的法律我说了算。我想要

[①] 古埃及的神祇,头部像鹰隼,双眼像太阳和月亮。

什么东西,没人敢告诉我做不到。"

"那么先生,我会尽力的,"本谦逊地点点头说,"但是我也有一个要求。"

"什么要求?"奥丁怒气冲冲地说。

本从腰带上拔出手枪,就是那把他曾经用来瞄准阿拉贝拉的精心装饰的长柄手枪。不过这次他瞄准的是以太盾生成器。"你放了我的朋友。"他冷静地说。

"美国人,你高估了你产品的价值。"奥丁窃笑,"你的以太盾对我的防御工事来说,只不过是锦上添花而已,不管有没有,我的进攻都会进行。你要是想摧毁它的话就请便,它对我意义不大。但要是你真的摧毁它,你就再也没有任何筹码来交换这位女士了。"

本听完后,把枪举得更高了。这回他瞄准的是人群上面正在转动的巨大螺旋桨,就是那些保障塔拉尼斯飘浮着的螺旋桨。

这下,人群当中传来一阵恐慌。阿拉贝拉也感觉到奥丁的前臂肌肉缩了一下。

警卫们又一次瞄准了本。

"打死我呀,"本怂恿他们,然后他朝着奥丁说,"先生,放她走。我能大肆破坏你的城市,在我的盾……"他突然咬着嘴唇，说不出话来了。

"在你的盾怎么样之前啊？"奥丁说，"是消失之前吗？"

就在此时，奥丁一把推开阿拉贝拉，突然把刀使劲朝本刺去。小刀在空中转向的时候闪着光。就在小刀离本的头只有1英寸的时候，本弯腰闪开了，小刀当的一声碰到他身后的烟囱，刺到了地板上。

奥丁假笑道："我很是怀疑，那么一点点金子的液体不能护你很久吧。"

当那些警卫准备开枪的时候，一连串的咔嗒声响起。

"停下，"奥丁命令道，"这个小伙子现在不受保护了，他不会带来任何麻烦。况且，我还需要他给我的鹰做盾。至于这个女孩嘛，把她送到科莫多斯·贝恩那去。要是我们这位美国朋友工作怠慢的话，就把她受折磨的声音传到他的工作间给他听。那应该能让他工作得更努力。"

阿拉贝拉被强有力的手抓起来，以很快的速度被押向一个门道。就在警卫快把她拖到楼道里的时候，本说："我需要她。"

"什么？"奥丁失去耐心地狂叫一声。

"她曾经帮我做了以太盾生成器，"本说，"要是没有她的话，我是不可能做到的。"

阿拉贝拉很想知道本到底在玩什么把戏，为什么他要救自己？

奥丁叹了口气："那好吧，把她留下。"

阿拉贝拉又被带回到了阳台，她感觉到本正朝着她笑，但是她不想看到他。一想到他答应要做以太盾，她就很生气。

"我还需要金子来给生成器补充燃料，"本说，"越多越好。"

"没问题，"空中总督答应了，"仓库里有的是。"

"我还要迈尔斯。"本又说。

"迈尔斯？什么迈尔斯？"

"就是迈尔斯啊，他是阿拉贝拉女士的机器人。在之前合作制造生成器的时候，他扮演了相当重要的角色，对吧，女士？"

这下，阿拉贝拉点了点头。"他在——在我飞艇的行李舱里。"她说道。

五分钟之后，本和阿拉贝拉通过门道被押送到塔拉尼斯里面去了。警卫们扛着装有迈尔斯和以太盾机器的箱子跟在后面。这个时候奥丁的临别赠言响起："对付'尼尔森'号的以太盾，必须按时完成，否则你俩的死期就到了。"

第三部分

1845年6月17日

第十七章　第二天早上

一束银亮的光线穿过木墙上的小孔，照在阿拉贝拉的左眼皮上。她眨了眨眼，醒了，接着叹了口气，因为想起了自己在哪儿——她被囚禁在塔拉尼斯上了。在薄薄的稻草床上睡了一夜后，她四肢酸痛，皮肤上感到针刺般的疼痛。揉了揉手臂，她挣扎着靠着木牢粗糙的墙壁坐了起来。昨晚之后，这里就已经是她的家了。

对一个渴望在天空自由翱翔的人来说，没有什么是比被锁在这么一间没窗子的木牢里更沮丧的了。这间牢房有两个房间，一间是卧房，还有一间小小的洗漱室。除了从小孔外面透进来的极小的一缕光线外，牢房里唯一的光源就来自旁边桌子上的一盏小煤气灯。牢门被从外面闩上反锁了。这时候，外面的走道里传来拖着脚走路的声音，可能是老鼠吧，但更像是那些守卫,所以任何逃跑计划现在都得暂时搁置了。

而且她就算侥幸逃脱的话,也逃不了多远,因为她都没有搞清楚自己具体的位置。昨晚从屋顶平台到楼房的这段路,又长又复杂,那么多迂回曲折的路,让她很快就失去了方向感。塔拉尼斯的内部是座一眼望不到头的灰暗的城寨,由不平衡的走廊和摇摇晃晃的楼梯组成。不过,从他们走下的楼梯数来算,她猜自己应该是在底部的某一层上。

昨晚,他们一路上遇到了数以百计的人,全是脸色发白,营养不良的样子,而且都穿着单一蓝色的工服。有些人手里拿着一盘食物或是一篮子衣服,有些人跪在地上或是梯子上,修补着墙面、管道和煤气灯。阿拉贝拉猜他们肯定是从被劫掠的船上抓过来的囚犯。透过一些走道远处开着的门,她瞥到房间里面全是精美的家具、挂毯、镀金框的画作,还有闪闪发光的饰品。这下,为什么空中总督奥丁那么受到众人的爱戴就显而易见了——他给塔拉尼斯人提供的财富,多到他们都不知该如何处理,更不用说还有源源不断的免费劳动力了。

阿拉贝拉不知道本在哪里,她想他应该是被带到其他牢房去了。在某个时间,他们可能都要被召到工作间,被要求共同为恐惧之鹰制造以太盾。当然了,她是肯定不会同意的。他们尽管对她用刑,饿她,不管他们怎么对待她,她,阿拉贝拉·韦斯特女士,是绝对不会帮忙去做任何威胁她同胞的东西的。

不过说起不让吃饭,她倒是希望今天能快点提供早餐。因为昨晚他们送来吃的就是点汤水,里面有几块肥肉,上面漂着一点蔬菜。要是塔拉尼斯人想要他们的囚犯干活的话,那至少也要给点像样的吃的吧。

阿拉贝拉打了个哈欠,伸了个懒腰,站起来走进洗漱间。她穿上他们给她的蓝色工服——囚服。她原先的衣服还有以太通信器都被拿走了——那是她与外界联系的唯一工具。

多亏了本的坚持,至少他们把迈尔斯留给她了。她走到牢房那面的角落里,打开了装着迈尔斯的箱子。她把他扶直站好,打开了开关。看着他的眼神重获生机,真是一件欣慰的事情。一个人竟然这么想念一台机器,真是奇怪啊。

"迈尔斯,你好。"

"您好,女士,我们在哪儿?"

"我们在一座飘浮在英吉利海峡上的城市里,并成了空中海盗奥丁的阶下之囚。最近所有的飞船失踪事件都是他一手策划的。他用他的巨型金属鸟——恐惧之鹰捕获了它们。但直到现在,还没有人发现他的位置,因为这座城市被他藏进了云团里。"

"我明白了。"迈尔斯极其冷静地获取了所有的这些信息后说道。

"还有，那个美国雇佣兵，福雷斯特先生又一次出现了，"阿拉贝拉接着说，"他带来了一个可以运行的以太盾生成器，他想把它卖给奥丁。现在呢，奥丁要求福雷斯特先生、你还有我一起给恐惧之鹰制造一个以太盾。必须要在一天半之后完工，嗯，现在就剩一天了，然后他就可以用恐惧之鹰来捕获澳大利亚皇家海军的'尼尔森'号。要是我们不听从命令的话，他说他就会把我们杀掉。"

当迈尔斯在处理这些信息的时候，阿拉贝拉看到他的眼中有黄色的光在闪动。然后，迈尔斯问："为什么奥丁会觉得我们会帮福雷斯特先生制造以太盾呢？"

"因为福雷斯特先生告诉他，我们之前曾经协助他一起造了生成器，所以他现在需要我们的帮助。我不确定他为什么会那样说，可能是想要让我免受折磨吧。"

迈尔斯听完，做了更复杂的处理，最后从帽子的排气管里喷出一股担忧的蒸汽。

"女士，您是否受到了酷刑的威胁？"

"是的，在一个听起来最讨厌的叫作科莫多斯·贝恩的家伙手里。"

"我算出来，我们的处境是最危险的。"迈尔斯说道。

"我就知道你会那样说，"阿拉贝拉听到他的话，有点莫名的高兴，"那就用数字来说吧，迈尔斯，我知道你喜欢数字！我们有几成机会？"

迈尔斯大脑里的机器发出嗒嗒声和叮当声："我算出来机会是1/75。"

"从你嘴里说出来，那这不算是很糟糕的数字。"

"女士，恐怕您还没有对我们的处境十分上心。"

阿拉贝拉拍拍他的头说："迈尔斯，你应该看到积极的一面。"

"那什么是积极的一面?"这位有逻辑的英国人问道。

阿拉贝拉想了想，绝对有积极的一面！

"我们还活着。"最后她说。

"说得对。"迈尔斯承认道。

第十八章　恶魔计划

　　阿拉贝拉的早餐就是一大块陈面包加上一大杯茶。吃完后，她和迈尔斯被押解着走过更弯曲的走廊，从摇摇晃晃的楼梯下来后，走到一个大房间里。房间四周是光秃秃的墙，地板上高高地堆着一大摞垃圾。把他们带进来后，警卫们便离开了，砰的一声关上了身后的门。

　　房间中央，有一只钢铁猛禽威严地高耸在成堆的废金属上。这正是恐惧之鹰荷鲁斯。它体态雄伟，面貌狰狞。看到这，站在门边的阿拉贝拉又一次惊呆了。由于这猛禽是静止不动的，不可能对她有任何威胁，所以她能够从容地审视它。只见它尖锐的鹰喙弯曲呈钩状，噬人心髓，犀利的目光瞪视，杀气逼人，金属制的羽毛层层叠叠，锋利如匕首。仔细打量了一番，她不得不承认这只鹰的确有种骇人之美。

"威严壮观吧?"在房间远处的本喊道。他从一个废金属堆后面走出来,手上握着各式各样奇怪的金属件。他走过来后,把它们放在工作台上,然后用布擦了擦手。

"早安,女士。相信你昨晚睡得很好,对吧?还有迈尔斯,哎,真是出人意料啊,没想到我们原班人马竟然又相聚了!迈尔斯,我觉得我们这个计划中涉及的一些更专业的技术方面,可能需要你的指导。"他朝着那只鹰点点头,说道,"正如你们所见,我们已经被指派了一件颇具挑战的任务。"

"迈尔斯和我是不会给你的奸诈活动提供任何帮助的。"阿拉贝拉语气生硬地说。

"你这样说,我很难过。"本垂头丧气地说道,"亏我还把你们从科莫多斯·贝恩手里救出来。"

"我宁愿花时间去面对十个科莫多斯·贝恩,也不愿花一分钟来帮你破坏我们国家的军事行动。你不让英国获得制造以太盾的技术难道还不够吗?你一定要把它卖给像奥丁这样令人讨厌的海盗吗?你就这样不讲道德吗,福雷斯特先生?你是美国人,对吧?你理应是我们的盟友。可你的忠诚哪去了?"

面对这一连串的质问,本默然不语,背对着阿拉贝拉,继续手上的工作。他开始整理拿来的那些废金属件,依次举起每一个,仔细查验,确定无用才扔掉。"我就是美国人啊,"他边工作边低声说,"但是我不像我国政府,在这场战争中,我不选择站任何一边。我只对我自己忠诚。说来说去,那是唯一值得奋战的目标。"

听完本的回答,阿拉贝拉哑口无言。很显然,与这个年轻人达成一致意见是不可能的,他们之间有着天壤之别。可他现在毕竟是她对抗奥丁潜在的唯一盟友,陷入这种境地,只能算她倒霉。

她最后又想到一个法子,劝说道:"想必你一定明白,你一旦将以太盾交给奥丁,他就会计划杀了你,你赚不到钱的。"她厌恶地皱起了鼻子,继续说道:"因为你出不去。我们为何不资源共享,然后设法逃脱呢?"

本朝着一块金属吐了口唾沫,用袖子擦了擦,检验是否可用。"你想逃,就自己逃啊,"他头也不抬地说道,"但是不要干涉我。我之前接触过奥丁,了解他的风格。他喜欢采取强硬态度,但从根本上说,人还是不错的。我们可以谈生意。"

对于一个如此愤世嫉俗的男孩来说,如此轻易地相信别人,甚至很天真,的确很反常。他对奥丁的态度,就如他对阿拉贝拉的态度一样,神秘莫测。

阿拉贝拉问道:"如果你关心的只有生意,那你为什么对奥丁撒谎,要我和迈尔斯帮助你造以太盾?"

本抬头看了看。"我真的不知道当时是受什么影响了,"他神秘地笑着说,"也许是我心肠变软了。"

阿拉贝拉看着他继续回去工作,突然听到左手边传来柔和的咔哒声,是小机器人清嗓子的声音。迈尔斯说:"我的女士,容我斗胆说一句,在我们想出有把握的行动计划之前,你不认为帮助福雷斯特先生制造以太盾,或者至少装装样子,不失为一个好主意吗?"

"为什么那是一个好主意呢?"阿拉贝拉严肃地问他。

"为了让塔拉尼斯人相信你是在合作啊。"

阿拉贝拉盯着迈尔斯看了一会儿,然后又了看那只巨鸟。她想象了一下,尖锐的鹰喙、锋利的鹰爪猛扑向"纳尔逊"号会是什么后果。

"不!"她连声回绝道,"不!不!不!"说完,她转身猛敲车间大门。

咔哒一声,门打开了。一个警卫伸头进来,问道:"你想干吗?"

"做你们想要我做的事,"阿拉贝拉声明道,"不过,作为一个英国人,我不愿参与这个恶魔计划。"

警卫默默地看了她一会儿,然后对着别在衣领处的破旧的以太通信器,嘀咕了几句。几分钟之后,阿拉贝拉听到走廊上传来重重的脚步声。一个身材更高大、面相更凶恶的警卫出现在门口。他肌肉发达的双肩上伸出肥大的秃头，胖得根本看不到脖子。他那双红润的大手拿着一副沉重的铁手铐，随即砰的一声，粗暴地铐住了阿拉贝拉的手腕。

"跟我来！"他命令道。还没等阿拉贝拉反应过来，他就把她拽出了房间。

"我的女士！"她听到迈尔斯喊她。随后身后的门砰地关上了，她在走廊上被拽着走。

他们又下了很多阶梯。越往下走，天花板变得越低，阿拉贝拉不得不低头弯腰，以免撞到头。这些较低的楼层是塔拉尼斯中最破旧的部分，似乎被上面新增的楼层逐渐压得变了形。她甚至不由自主地注意到，在许多看起来古老的黑色木柱上，有深深的裂缝。

他们所处的地方已经很深了，以至于阿拉贝拉确定他们现在一定在城底下巨大的金属碗里。这里灯光很暗，她好几次差点踩空。每次都是魁梧的警卫粗暴地把她拉起来，拽着她往前走。随后她听到人们痛苦的叫喊声、啜泣声和呻吟声，一开始只在远处回响，但后来声音变得更大了。

最后，大概是从第二十段楼梯下来后，他们走到了一扇厚重的橡木门前，门中间设有一个铁格子窗。毫无疑问，那些痛苦的声音是从这扇门的另一侧传来的。押送她的人第一次咧嘴笑了,露出了塔拉尼斯人标志性的牙齿——泛黄且朽坏,红肿的嘴唇里发出一股恶臭味,熏得阿拉贝拉几乎要晕倒。

他开口说:"欢迎来到科莫多斯·贝恩的巢穴。"

第十九章　刑讯室

阿拉贝拉猜想过，这里可能就是她的终点，不过，听到士兵这么一说，她恐惧不已。

那个士兵从腰带上的挂链中，拿出一把钥匙打开了门。这时候她想起了昨天人们的吟唱：

科莫多斯·贝恩，就是疯子！

门后面是一条长长的昏暗走廊，两边都是铁牢。他们在往里走的时候，阿拉贝拉忍不住朝黑漆漆的牢里面看。在那里她看到了脸色惨白、瘦骨嶙峋的人们，他们那瘦削的脸上眼神闪烁。呻吟声和呜咽声不绝于耳。

科莫多斯·贝恩，他知道什么叫疼！

也许她之前应该听迈尔斯的,假装先合作,然后再找机会逃跑。她这么明目张胆地拒绝合作,真是疯了。难道她想像铁牢里面这些悲惨的人一样吗?塔拉尼斯人根本就不在意她那高贵的地位,她是伟大的阿尔弗雷德·韦斯特勋爵的女儿。对他们来说,她只不过是像其他奴隶一样,任由他们折磨和随意处决,或是工作到死。

在走廊的尽头,另外一扇门嘎吱一声。阿拉贝拉感觉自己被往前推了一把。士兵用的劲太大了,她一下子失去了平衡,跪倒在坚硬的石头地面上,身后的门随即砰地关上了。

阿拉贝拉被关在某个地牢里,这儿的光线很暗,面积很大,她甚至都看不到牢房的边沿。地牢的一侧,有一个熊熊燃烧的火堆,一个瘦削的人站在火堆旁边,穿着黑色长斗篷,戴着顶高高的大礼帽背对着她。正当阿拉贝拉在冰凉的地面上等着的时候,她听到一阵模糊的有节奏的咝咝声。那是他的呼吸声吗?

过了一会儿,这个人转过身来。他下半部分的脸,藏在一张皮质面具下,只给嘴巴留了一条小缝。他的眼睛上戴着一副金边的护目镜,镜片为黑色。护目镜在火堆的折射下闪烁着。因为脸上这么多部位都看不见,所以阿拉贝拉认不出这个人,也不知道他在想什么。但是,从他的站姿来看——

傲然挺立，双手背在身后，头微微前倾——这是个冷静、专注、极有耐心的人。

他开始慢慢朝阿拉贝拉走过去。这个戴着面具和护目镜的人的接近，让阿拉贝拉感到十分害怕。她不得不强忍住想缩到角落去的想法。

当他走得很近时，就停了下来，低头看着她。这时候那个嗞嗞的声音更大了，但现在听来似乎不像是呼吸声，而更像是机械发出的声音。阿拉贝拉感到自己的心脏随着那嗞嗞声怦怦跳动。他的胳膊从那件斗篷的褶皱下面露出来，她看到他的左手闪着金属一般的光泽。现在她终于明白了，原来那个嗞嗞声是他的金属手指活动的声音。手指在不停地打开，然后紧握成拳后再打开。他朝阿拉贝拉身后的某个东西瞥了一眼。她还没来得及转身看看是什么，就被一只无形的手一把抓了起来。原来那个身材高大的守卫还在那里——他一直都站在她身后。

守卫把她拖向火堆旁边的桌子。他就像扛一捆稻草一样扛起阿拉贝拉，扔到了桌子上。她试图反抗，但他实在是太有劲了。阿拉贝拉感到自己的脚踝被死死地绑在了桌腿上，粗糙的绳子捆得她生疼。她手上的手铐也解开了，双手被猛地往头顶一拉，那根捆着脚的绳子，又把她的两只手腕捆在了另外两只桌腿上。

此时的阿拉贝拉,想让自己的呼吸平稳下来,试着不要去想自己现在有多么无助,试着不要让自己陷入恐慌中。那个人由蒸汽驱动的手臂发出的咝咝声越来越响了,他越过阿拉贝拉躺着的桌子朝着那堆火走去。随后,咝咝声停止了。他身子前倾,把钢制的食指指头伸到了火焰上。当阿拉贝拉看到他的手指渐渐地由浅粉色变成粉红色,再变成橘黄色的时候,她害怕极了。

"你可能已经听说过我了,"他一边看自己的手指在火堆中发着光,一边说,"我是科莫多斯·贝恩博士。"他的话让阿拉贝拉震惊不已,因为根据之前的传闻,她以为他肯定是个残暴的人,禽兽不如,但是现在从他的声音来看又是一个有教养的人。

他朝桌子走近了些,食指上面冒起一缕烟。那根食指现在的颜色已经变成深樱桃红了。

"找到最疼的地方,"他说,"那就是心脏的位置,也就是真相之所在。这是艾伦森曾告诉我的。"

透过冰凉的黑色护目镜,他俯视着阿拉贝拉。她从面具的小缝里瞥到了他薄薄的湿润的嘴唇。

"你想怎么样?"她挣扎着小声问。

"我想怎么样?"他跟着反问道,"我想要做自己一直想做的——找乐子。不过那是另一回事,现在我要搞清楚的是你想要怎样,阿拉贝拉·韦斯特女士。"

说着他把钢制的手臂举起来,阿拉贝拉的脖子都能感觉到那上面的热度。

"你为什么来这儿?"他对着她耳语道,"你想要做什么?空中总督需要的是盾,他只对这个感兴趣,所以他想要我来劝你回到那个工作间去帮助福雷斯特先生。当然了,这点我是可以做到的,肯定可以。因为我手上有一些高效的劝诫工具。"

这会儿,他那巨烫的手指指尖儿正发着光,在她脸的上方挥舞着。她几乎不需要提醒这是那些劝诫工具之一。

"但是,对逼你去做那件事我不感兴趣,因为那太简单了,任何一个拿薪水的驯兽师都能做到。我感兴趣的是你,年轻的女士。你的动机是什么?我忍不住要猜,我比较好奇。我会问你一些问题,希望你如实回答。如果你说实话,我保证什么坏事儿都不会发生……不过,你要是说谎的话,你明白我会烫死你的。"

"你怎么知道……"阿拉贝拉咽了一下口水说,"你怎么知道我是说真话还是假话呢?"

突然,贝恩尖锐地笑了起来:"你忘了,我在这方面是很有经验的。之前有许多人都跟你一样躺在这里,仰望着我,眼睛里充满希望和绝望。阿拉贝拉女士,那是希望和绝望哦。艾伦森曾经教过我,在这两者之间要找到一个平衡点,任何一边太多了都不好。不过一旦我找到了平衡点,那他们就会变得非常听话。他们会交代问题,有些人说谎,有些人讲真话,过一段时间你就学会如何分辨了……那现在我们来看看你是怎么做的吧?你是要讲真话呢,还是想要被烫死呢?"

说话的时候,他的另一只手正轻抚着她的头发。

"我们就从简单的开始吧。你是谁?你是你说的特级飞行表演队的表演者呢,还是如你朋友本·福雷斯特先生说的,是一位制作无形以太盾的科学家呢?"

那炽热的手指,就在她脸部上方的阴影里催眠般地摇动,阿拉贝拉的眼神都没法挪开,不过这时她只能强迫自己思考。要是她说自己是一名科学家的话,那么即将面对的不可能完成的任务,就是要解释她的飞机为什么要全副武装飞到这里,而且还带着个使用最先进技术的机器人。要是她说自己是飞行表演队的表演者,她即将面临的也是很尴尬的解释,而且他们再也没有任何理由让她活着。只能说这两个回答都不好……

"两个身份都是,我两个都是。"

他又咯咯地笑了起来,"这么年轻就是一名空中艺人,

第十九章 刑讯室

又是一名顶级的科学家。这要是真的话，那真是太让人敬佩了。不过我要是怀疑的话，你可要原谅我哦……"

"随便你信不信，"她急忙回答，"我说的是事实。"

当那根灼热的手指猛地戳近眼睛时，她感觉到一股灼热的高温和令人痛苦的亮光。

他这是要把她的眼睛弄瞎啊！

这下她想起了之前见过的许多塔拉尼斯人，他们都戴着眼罩——难道他们都是被科莫多斯·贝恩害的吗？

这时，阿拉贝拉感觉到他那只正常的手，放在了她之前被绑在头顶的手臂上。他那烧红的手指离开她的脸往上移，同时把她工服的袖子往上推了推。高温在她前臂手腕下面留下了一个苍白脆弱的小点。

"说实话。"他吐出一口气说。

阿拉贝拉咬紧牙关，想到了自己的爸爸，英国国旗，还有英雄日那天，那些参加过滑铁卢战役的老兵，列队走过纪念碑时敬礼的样子……

"我说的都是实话！"她尖叫起来。随后，她世界的颜色瞬间就变成了刺眼的交错的疼痛的颜色。

第二十章　疑点重重

阿拉贝拉肯定晕过去了,因为她醒过来的第一件事就是发现自己还被绑在桌子上。手臂上传来一阵一阵灼热的疼痛,令人忍不住想要尖叫。她的眼神也随着反射火光那阴影和光亮游移着。她眨了眨眼睛,把泪水弄干净,心里又骤然一紧,因为她看到了贝恩还在那里。他护目镜上的两个黑色镜圈,就好像虫子的眼睛一般在审视着她。他那只正常的手上正拿着她爸爸的照片。阿拉贝拉一看到就开始呻吟,她用尽全身力气往前扯着,但是肌肉的收缩只不过是让手臂更疼了。

"所以你是阿尔弗雷德·韦斯特勋爵的女儿,"他说,"我应该猜得到的,你跟你的爸爸一样,都是间谍。你也想像他一样成为自己国家的英雄。你想要勇敢些,以此不辜负对父亲的回忆。这我可以理解。不过不要担心，阿拉贝拉女士，你没有什么可以辜负的。你知道吗，你的爸爸可不是你认为的那种人。"

"什么？你说什么？"阿拉贝拉气喘吁吁地说。

"哦，原来你不知道，"贝恩窃笑道，"呃，这也没有让我感到意外，毕竟只有很少的人知道。不过艾伦森知道，因为他也参与了那个阴谋。亲爱的，你的爸爸是法国的间谍。"

"不可能！"阿拉贝拉尖叫起来。

"韦斯特勋爵是个叛徒，"贝恩用平和的语调接着说，"他不像传言说的那样，是被法国刺客暗杀的，而是为了避免身份暴露之后的羞辱自杀的。这件事情已经被掩盖起来了，他的名誉完好无损。否则的话，这对英国政府来说实在是太难堪了。"

"你是个骗子！"

"我揭露谎言，但是我不说谎。"贝恩平静地说。他的金属手指现在已经变成冒着烟的紫色，他把手指伸向照片，阿拉贝拉只能看着爸爸的脸开始阴燃。

"对你之前认识的这个人说再见吧。"贝恩轻声说。

当她看见挚爱的爸爸的照片，慢慢扭曲起来变成黑色，她的眼里又充满了泪水。

这时候一阵敲门声传来，门嘎吱一声开了，一个守卫匆匆忙忙紧急地说了一些话，然后科莫多斯·贝恩点了点头，守卫就开始给阿拉贝拉松绑。

"这么看来，"贝恩说，"福雷斯特先生和你的机器人开始罢工了，他们说没有你的帮助，他们没法开工。空中总督命令我放你回去。好吧，那就这样吧。阿拉贝拉女士，很高兴见到你。这是一次有趣的会晤，你说呢？对于我们彼此来说都有启发。我们会安排下一次会晤。现在已经很肯定你就是间谍，你得告诉我澳大利亚皇家海军'尼尔森'号计划渡过英吉利海峡的路线。不过要紧的事先做。"

守卫把她从桌子上拖下来，给她的手戴上铁手铐。"再见，"贝恩说，"待会儿见。"在他离开房间的时候，她听到了他在大笑："我们不是陌生人了，欢迎你随时回来。你知道我会让你宾至如归的！"

阿拉贝拉带着痛苦和困惑，步履维艰地走过长长的楼梯，回到了工作间。她的手臂上之前被科莫多斯·贝恩手指碰过的地方非常刺痛，那有一个鲜红的痕迹，她知道很快就会变成一道丑陋的伤疤。但是贝恩对她爸爸的指控，让痛苦与困惑占据了阿拉贝拉的大脑，这比他造成的任何身体上的疼痛都要糟糕得多。当然，他说的话她一个字也不会信。她的爸爸就是一名英雄，像他那样残忍的怪物说的话，是不能让她信服的。但是这个恶魔，已经在她的脑子里放入了一条疑虫。她知道在想起爸爸的时候，这条虫子都会轻声地说出疑惑。她明白现在只能亲自调查这些指控并且铲除疑惑，证实她爸爸就是英国光辉的英雄和忠诚的仆人，就像她一直以来相信的那样。

　　他们终于走到了工作间，守卫打开了她的手铐，一把把她推进了门。在折磨和漫长的爬阶梯之后，她疲惫不堪地瘫到了地上。本·福雷斯特上前把她扶起来。除去之前对这个男孩的所有疑虑，她不得不承认自己现在见到他有点高兴。

第二十一章　法国女孩

男孩似乎比较担心她的身体，这真是让人有点意外。"女士，你看起来不太好啊。"他一边说着，一边扶着阿拉贝拉坐到椅子上。她慢慢地坐下来，迈尔斯滚动到她身边，递给她一杯水，这水杯还缺了口。她这才发现，迈尔斯平时穿的绅士套装都被换成了囚徒穿的蓝色工装了。排气管不再是从大礼帽里面伸出来，而是从一个高顶帽里伸出来了。

"女士，你感觉怎么样？"他问道。

"我已经好多了，迈尔斯，"她喝了一大口提神的水说道，"不过，与科莫多斯·贝恩的这次会面，我觉得我保住了自己的尊严。我不知道有多少人可以这么说。"

"你绝对是个勇敢的女孩。"本微笑着说。

面对本的赞美，阿拉贝拉礼貌性地点点头。"我得谢谢你们俩团结一致,"她说,"要不是你们一起罢工的话,我现在肯定还被困在贝恩博士的刑讯桌上。"

"我们也只能做到这些了。"本喃喃地说,脸竟然红了。她感到很奇怪,还在想他怎么会脸红呢。本思忖良久,终于脱口而出,"该死,如果我有我想要成为的那种人的一半品质的话,那我就应该下去把你救上来。"

"但那对谁有好处呢?"阿拉贝拉以一种她觉得是安慰的口吻说,"那些守卫绝对会在五分钟之内抓住你,把你干掉,而我也不会好到哪里去。迈尔斯,把你的那些数字告诉他。"

"女士,我已经和福雷斯特先生就这个谈过好几次了。每次他计划的成功概率都是0.001%。"

"现在你明白了吧!"阿拉贝拉得意地看了本一眼,"福雷斯特先生,你已经知道了这个地方是多么野蛮,帮助迈尔斯和我来设计一个逃跑计划,可以更好地发挥你的能力,你赞同这一点吗?"

本噘起嘴,然后摇了摇头:"女士,我并没有惊讶于这个地方的野蛮。不过一位好商人会尽量避免对自己的客户进行道德上的评价。当然,他们虐待你,我也很难过,但你得承认那是你自找的。你本可以像你聪明的朋友迈尔斯建议的那样去做,这样就不会有人受到伤害了。"说完,他伸进夹克的内口袋里掏出了几页叠起来的纸:"今天早上我已经和空中总督奥丁签订了合同,给他的恐惧之鹰制造以太盾。我会尽我最大的能力来履行这份合同。如果你不介意的话,我现在得去工作了。"

听到这些话,阿拉贝拉十分难过。因为她觉得自己似乎在本的身上看到了转变的迹象,但很明显,他还是跟之前一样确信,一个人最值得追求的目标就是金钱。她望着本和迈尔斯挪到工作间角落的工作台旁,工作台上放着个翻过来的巨型金属柜。本戴上气焊眼镜,这让她不安地想起贝恩的样子。他点着碳弧焊炬,迈尔斯则拿起一根金属管,并用左手的夹钳固定住。迈尔斯把金属管的一头放在了金属柜的一侧,本把焊炬对准两个东西的交会点开始焊接。

阿拉贝拉在那儿坐了很长时间,看着他们两个做了一个放大版的以太盾生成器。她感到自己很脆弱也很饿。手臂也疼得厉害,贝恩的发光手指在她眼前徘徊的恐怖画面不断地在脑海里闪现。她很少会有这种感觉,但她确实不知道接下来该做什么。

午饭终于来了,不过是早饭和午饭的结合体:更稀的炖肉汤再加一大块不太新鲜的面包。要是在昨天,她肯定闻都不愿意闻,但是现在她把它视作一顿盛宴。本肯定也跟她一样饿了,他吃得更快,吃完后又回到了工作台上。

阿拉贝拉在咬一块难嚼的肉时，看着本把铜丝紧紧地绕在一根长铁条上。他对迈尔斯说："我觉得要是我们增加电流，在这个软铁芯线上绕更多的铜丝的话，这个电磁铁的磁力就会变得更强。"

"先生，更大的电流意味着会产生更多的热量，"迈尔斯回答，"最后会把铜丝熔化了的，就多绕几圈来增加强度更好。"

本伸长脖子看了看那只鸟："我的朋友，我觉得咱们要冒冒险，两种方法都得试试。"

本走到门边敲了敲门，守卫探出头。"我们要更多的铜丝。"本说。

几分钟后，一个穿着蓝色囚服的女奴扛着一大卷铜丝走了进来。阿拉贝拉想，她看起来就十六岁左右的样子，瘦得吓人。她朝外走时，瞥了一眼阿拉贝拉的食物。其实阿拉贝拉此刻真是饿极了，想要吃完，但这个女孩看起来似乎比她更需要这些食物。所以阿拉贝拉示意她走过来。

"你要吃吗？"她把剩下的炖汤和面包皮递给女孩。

这个女孩担忧的眼神越过肩膀朝门边扫去，守卫刚好站在看不见的地方。

"没事的，"阿拉贝拉哄劝道，"我不会说出去的。"

那个女孩接过碗，坐在地上，贪婪地舀着炖汤喝。"我已经两天没吃饭了。"她的嘴里塞满食物，用很浓的法国口音说道。当她把炖汤喝完以后就开始吃面包皮，几秒钟就吞完了。

"谢谢您的好意，"她吃完以后说道，"我叫玛丽·达盖尔，是空中巡航舰'拉菲特'号上的乘客，与我的阿姨一起旅行。四个星期以前我们被抓了。昨天，我的阿姨去世了，我担心自己也很快要死了。他们抓住'博瑞爱丽丝'号之后，就有很多奴隶了。他们现在甚至都不想给我们吃的，因为还有更多的人可以替代我们。我们会被逼迫一直工作到倒下，然后从城市的边缘把我们丢下去。你是从'博瑞爱丽丝'号来的吗？恐怕相同的事情也会发生在你身上的。"

当这个女孩的眼神还在不停地越过肩膀，确定守卫的位置时，她紧张地一股脑儿说了这些。

"我不是'博瑞爱丽丝'号上面的，"阿拉贝拉回应道，"我叫阿拉贝拉，是个女飞行员。昨天我的飞艇被逮住了。"

女孩抬头看了看他们头顶上屹立着的恐惧之鹰。"我讨厌这个东西，"她哆嗦着说，"你在这里做什么？"她又朝本和迈尔斯点点头问，"他们在做什么？"

"我们被逼给那个怪物做个盾，"阿拉贝拉说，"以便它可以袭击强大的英国战舰。"

听到这里玛丽睁大了眼睛："什么战舰？"

阿拉贝拉端详着这个女孩。一般来说，她会把一个法国女孩看作是自己的敌人，但在塔拉尼斯，她们面对着相同的危险,所以能成为暂时的盟友。再说了,她可能就快要死了,所以告诉她又有什么关系呢?

"澳大利亚皇家海军'尼尔森'号,"阿拉贝拉轻声说,"皇家航空舰队的旗舰,明天早上就会穿过英吉利海峡,这些海盗想要逮住它。"

听到这些,玛丽震惊地盯着她。

"但我不会让他们得逞的,"阿拉贝拉听起来比她自己感觉的更为笃定,"我要以某种方法来阻止,只是还不知道该怎么做。"

这个法国女孩又朝后面瞄了一眼,然后靠得离阿拉贝拉更近一点,附在她耳边说:"也许我可以帮你,"她耳语道,"我曾经——我曾经看到过一些东西……"

"喂!"从她们后面突然传来一声尖叫,把两人吓得跳了起来。那个守卫此刻已经在她们身后了,他现在正瞪着玛丽。"女孩,你知道规矩的,"他怒吼道,"不准和其他囚犯亲近,现在给我滚出去!"他大步向前把她拉起来。就在他把她拽出工作室的时候,玛丽转头对着阿拉贝拉,用口形比画着什么东西,但是阿拉贝拉没明白她在说什么。

第二十二章　建筑平面图

好几个小时过去了，阿拉贝拉看着这个新的发电机就快要完成了。本和迈尔斯在发电机的两边各安装了一个木质的脚手架塔，脚手架塔就搭在一个木质平台上面。他们在平台上放了一口黑色的大锅，这口大锅就径直摆在了发电机的上面。

"我们要更多的金子。"本告诉守门的守卫，"因为要测试这个玩意，我们需要多得多的金子。"

没过一会儿，囚徒们就把整箱整箱的金币、戒指、项链、手镯，还有其他珠宝扛进来了。但是在这些人中并没有玛丽，阿拉贝拉有点失望。

本戴上布面罩，抓起一箱黄金首饰，爬上了脚手架塔。当他掀开那口黑锅的盖子时，阿拉贝拉看见里面的烟飘散到了空中。她闻到了一阵刺鼻的苦味,咳嗽起来。本很快把首饰倒进了锅里,然后盖上盖子。

他问阿拉贝拉:"请问您能否把另一箱给我递过来?迈尔斯恐怕不够高帮不了我。"

阿拉贝拉的心中,对于是否要帮他迟疑不决,不过最后她还是决定,如果不帮他,就有点太不礼貌了。所以她还是走到那堆箱子旁,扛起一箱。箱子很重,她跟跟跄跄地走着。箱子里的东西,闪着黄色的光,看起来如此美丽,就这么毁掉它们,尤其是为了这样一个原因,真是可惜。

"女士,您什么时候准备好呀?"本不耐烦地问道。

"抱歉。"她一边把箱子递给他一边说。

阿拉贝拉看着他把金首饰倒进锅里,这次她有意识地捂住了自己的鼻子和嘴巴。

"那里面是什么东西?"

本一边盖盖子一边说:"硝基盐酸,它会把金子分解变成氯金酸。然后咱们再加一点点柠檬酸钠溶液。嘿,变!它就变成了金微粒,也就是以人盾的燃料。"

就在她递另一箱的时候,她看到一堆金币里面有个精致的小金罐子若隐若现,罐子里露出一张卷起来的纸。她马上把箱子放下,抽出这张纸摊开看。

看到她这样,本埋怨着说:"女士,我不想催你的,但你知道的,我们的时间很紧迫。"

阿拉贝拉边盯着那张纸边说:"嘘!"纸上是潦草的涂鸦,看起来好像是平面图,画的是房间和走廊的迷宫。在纸的下面潦草地写着两个字"*Deuxième Etage*"——二楼。

根据这潦草的字迹,她敢断定是她的新朋友玛丽·达盖尔干的。她肯定画好了平面图,然后把它藏在罐子里,希望阿拉贝拉能够拿到。这平面图里一定藏着信息。这个女孩说"我曾经看到过一些东西"。那么,她一定是在二楼看见了什么。阿拉贝拉又看了看纸上的其他几个字"*Usine du Nuage*",字上有条线连到了平面图中心的一个房间。她皱了皱眉头,用心地回忆之前在学校上过的法语课。"*Usine*"的意思是"工厂","*Nuage*"的意思是"云团"——"云团厂"……是"云团工厂"!

突然,她想到了:遮盖着塔拉尼斯的巨大云团,肯定是以某种方式被制作出来的,他们应该可以在那个房间里找到相应的机器。要是他们可以让机器无法运行或者直接毁掉它,那么云团就会消失,塔拉尼斯就会暴露,那就不可能发动奇袭了。英国的出击部队,也会在塔拉尼斯派出恐惧之鹰前,就发现这座城市。

阿拉贝拉兴奋地把纸拿给迈尔斯看,并告诉他自己的想法。本就蹲在他们上面的木质平台上,仔细地听。

她刚说完,迈尔斯就显得非常焦虑不安。"女士,坦白说,我觉得这听起来就是最鲁莽的一次冒险,成功的希望渺茫。像这样的房间肯定有重兵把守,我只能理解成你是要把这当作一次自杀式行动。因为我想不出来,你如何能在不被发现的情况下,顺利到达二楼再回来。就算你到了那个房间,毁掉了机器,他们也有可能在几小时之内,就让机器恢复运转,这样一来,你的自我牺牲就是徒劳无益的。"

阿拉贝拉说:"迈尔斯,我们只需要几个小时啊。你不要忘了,戴安娜和凯西现在肯定已经汇报了她们的发现,伦敦方面也已经收到了警报。就在我们现在说话的时候,英吉利海峡上肯定有监视船在来回地巡航,想要找到这个云团,只要我们把塔拉尼斯暴露出哪怕一小会儿,一切就都是值得的。"

"值得你去死吗,女士?"本蹲在他们上方说。他吹了一声口哨,声音低沉而忧伤,"我从不声称理解你们这些爱国者,但是我得说,你们的国家拥有像你这样愿意舍弃自己生命的人,是幸运的。"

阿拉贝拉兴奋于发现了行动的另一个目的,不过她忽略掉本的这句话,对迈尔斯说:"我需要你帮忙打开云团工厂的门。"

这位会思考的英国绅士,喷出了顺从的烟:"女士,对于这件事情,不论我的个人看法是什么,你要求我做什么我都会去做。毕竟我到这儿的目的是建议和服务。"

"谢谢你。"

本问他们:"你们俩介意把行动拖到明天吗?不是因为我觉得你们会成功,而是万一奇迹发生了,我想要在你们把我的客户暴露在全副武装的皇家航空舰队之前,拿到报酬。"

阿拉贝拉用最鄙视的目光回应他:"我们现在就干。"

第二十三章 逃跑计划

阿拉贝拉和迈尔斯面临的第一项挑战，就是如何在不被发现的情况下，从这个一直有人把守的房间出去。她注意到，门卫不关注来送东西的囚犯是谁，只关注进来和出去的人数。如果他们可以抓住一个跟她长相类似的女囚犯，那阿拉贝拉就可以假扮成她偷偷溜出去。这时，她想起一个来给他们送过午饭的女孩：高高的个子，棕色的眼睛，跟阿拉贝拉一样的栗色长发。那个女孩的鼻子有点塌，嘴唇厚了点儿，不过这都没关系，都是可以解决的。

问题是怎么样把迈尔斯弄出去。结果却是本无意中找到了解决的办法。他当时正在捣腾生成器的内部，机械零部件精度很高，突然他咒骂起来："真是见鬼！这个蓄能器上的曲面横向自动转换线圈，实在是太精密了，我得要小孩子的手指才能绕圈。"

阿拉贝拉听到后,立马大声问:"迈尔斯,你能不能扮成一个小孩呀?"

"女士,我觉得不行……"

她哄着他说:"你当然行啦,你这身材刚刚好!"

迈尔斯听完,金属脸上露出了最不安的表情,抗议道:"我想在音乐厅,可能是有机器人为了博大众一笑装扮成这样。但是,作为一名有着最先进分析机大脑而且会思考的英国绅士,我觉得这样的装扮的确有辱我的尊严。"

"迈尔斯,你真开朗大度。"阿拉贝拉说完走过去敲了敲门。

守卫朝里边望的时候,她说:"我们饿了。要是能多喝点炖汤,我们就会工作得更快一些。能不能叫那个给我们送午饭的女孩送来呢?"

守卫长了一张生硬的脸,他想知道为什么:"为什么叫她送?"

阿拉贝拉迟疑了一会儿:"呃……因为她的手干净?"

守卫怀疑地望着她。

"我们还需要一个小孩子,大概这么高。"阿拉贝拉做了个跟迈尔斯差不多高度的手势,接着说。

那个守卫继续瞪着她。

她解释道:"小孩子手小,那个曲面转换器……呃……

线圈啥的，需要用到。"

守卫听完哼了一声："还有什么事？"

"对了，还有一件事，"她递给他一个布面罩，"我建议你在接下来的几个小时把这个戴上。我们要搅拌金子和有毒的硝基氯酸了，那个浓烟，你懂的……"她皱起鼻子说，"不好闻。"

守卫拿了面罩，关上了门。

二十分钟后，栗色头发的女孩手里托着托盘进来了。托盘里面有两碗炖汤。她刚把托盘放下，阿拉贝拉就从后面抓住了她。她用一只手把她的两个手臂压到两边，另外一只手捂住她的嘴。她扭动着身体，低低地叫了几声。但所幸，门另一边的守卫没有听见。迈尔斯拿绳子把她捆起来，用胶布封上她的嘴，而阿拉贝拉则在尽量地安抚她。

"亲爱的，不要这么紧张。我们不会伤害你的。"她说，"我需要假扮成你的样子一个小时，我保证，在被发现之前肯定回来。"

但是，阿拉贝拉安抚这个女孩的话并没有取得她预想中的效果。她还在继续挣扎，发出焦虑不安的声音，睁大了眼睛，像是有某种担心和恳求。

就在这时，外面的走廊里传来了脚步声。阿拉贝拉匆忙地把她推到了一堆垃圾的后面。这个女孩还在歇斯底里地发出吱吱的声音，阿拉贝拉只能用手紧紧地捂住她已经被封上的嘴，压低声音。

门开了，阿拉贝拉听到迈尔斯跟守卫说了几句话。她从一堆废金属上面偷偷看过去，只见一个十岁左右，穿着蓝色囚服的男孩站在门口。那个守卫戴着面罩站在他身后，看起来有点困惑。

他问迈尔斯："刚才进来的那个囚犯呢？"

迈尔斯搪塞着说："呃……是那位送炖汤的年轻女士吗？"

"对，她怎么了？"

很显然，迈尔斯没有处理这种托词的功能，阿拉贝拉在那个时候又不能过去帮他。因为只要不按住那个被绑的女孩，她就会又发出吱吱的声音。她在绝望地等待着迈尔斯说些什么，任何理由都可以，可是他似乎呆若木鸡了。

"她怎么了？"守卫又问了一遍，显得越来越不耐烦。

"她到底……怎么了？"迈尔斯支支吾吾的。

正在那时，守卫好像准备拉响"有囚犯逃跑"的全面警报，本突然从发电机中抬起了头。

"她在厕所，"他指着工作间后面通往小房间的门说道，"我想我这位会思考的朋友，肯定是太绅士了，不好意思谈及生活中的这些方面。"

守卫点点头:"这就是你要的小孩。"说完离开房间,砰的一声关上了门。

刚开始,这个小男孩目不转睛地盯着恐惧之鹰。阿拉贝拉看着本终于把他哄到了生成器旁边,然后开始解释自己想要他做的事。

"谢谢你帮忙。"她大声对本说。

他抬起头,向她眨了眨眼:"嘿,善有善报。你给我找了个小孩,手指尺寸刚刚好。"

"女士,对不起,"迈尔斯走到阿拉贝拉和那个女孩坐着的地方沮丧地说,"我让你失望了。"

"迈尔斯,没关系,"阿拉贝拉深情地拍着他的帽子说,"你的制作者就是这样造的你,我不能要求更多。"

说完,她把手从囚犯的嘴上拿开,那个女孩马上又开始哼哼唧唧了。"你觉得我们应该怎么处理这个女孩?"她问迈尔斯,"我觉得我们不能把她单独留在这,否则的话,她肯定会引起守卫的注意。"

"女士,也许她是想要说话。"

一听到迈尔斯这样说,那个女孩就开始猛点头。

阿拉贝拉把她嘴上的胶布撕开,这个女孩儿就一口气地说了个长长请求:"女士,求您不要把我留在这里,您得马上让我走。因为恩格斯泰德先生在十五分钟后，会在我们平时约会的地方等我。他天性嫉妒，要是我没出现的话，他肯定会往最坏处想。尽管我之前已经告诉过他很多次，我没有别人，肯定没有，但他还是不相信我。如果我没有按照计划，在七点钟出现在四层斯特利伯格平台的大钟下面的话，他肯定会认为我在和别人约会。他会说，萨莉，你一直都在骗我。到时候，无论我说什么做什么，都不能再说服他了。"

阿拉贝拉越听越生气，当萨莉说完的时候，她简明扼要地说："我很抱歉，你必须得晚一点再和恩格斯泰德先生解释问题了。我能保证我的需求比你重要得多。"

一听到她这样说，萨莉突然大声哭起来。阿拉贝拉担心她的哭声会引起守卫的注意，所以她一把抓住她的肩膀，急切地安抚她："如果时间够的话，毫无疑问，我相信，你能够向恩格斯泰德先生证明你对他恒久不变的爱意，你们两个从此会永远幸福地生活在一起。"

萨莉听到这不哭了，皱着眉头说："爱意？"她似乎被这个词震惊到了，"从此幸福地在一起？女士，您误解我了，我并不爱恩格斯泰德先生，根本不是。他是高级守卫，所以他在塔拉尼斯有点儿影响力。每天晚上七点钟，他从我这索取一个吻作为交换——当她说这些的时候，她厌恶地颤抖着——他愿意为我和我在玛拉之翼的同伴们提供额外的口粮、药品，还有孩子们需要的书。但是如果我并没有在指定的时间出现的话，他就会责备我，所有的这些好处马上就会没的。"

第二十四章 约会

阿拉贝拉盯着这个女孩,脑子里在想着现在该怎么办。当然,破坏云团工厂的计划,比其他的任何事情都要重要,但要是她失败了呢?平心而论,她能不能只是为了那个计划,而让玛拉之翼的囚犯们,冒着失去他们的食物、药品还有书的风险?如迈尔斯所言,那个计划又希望渺茫。她当然不能这么做了。

所以她轻声问萨莉:"那个大钟,是在斯特利伯格平台……"

女孩点点头:"在第四层。"说完,她打开项链上挂着的钟表的银盖子,焦急地看了一眼,"我得在十分钟之后赶到那,您能放我走吗?"

阿拉贝拉摇摇头说:"我会去,我扮成你的样子去。"

萨莉吓了一跳，问道："怎么假扮？我们看起来一点儿都不像。"

阿拉贝拉说："我会戴上面具，假装得了传染病，我怕把病传染给他。那样的话，他就不想亲我了——真是谢天谢地呀！——但是至少那样，他能肯定你的忠贞不贰。"

萨莉听完使劲摇头："这太冒险了。"

"那也比你不露面好。现在告诉我，平台在哪儿？"

"从这往下走两层，然后向右拐，沿着那条走廊一直走到头。女士，您确定要这么做吗？有什么事情值得冒这么大的风险吗？要是恩格斯泰德先生发现你不是我，他可能会把我们两人都杀掉，又或者是更糟糕的情况，他会直接把我们送到贝恩博士那里去。"

"他不会发现的。"阿拉贝拉一边戴上面具，把托盘上装炖汤的碗拿走，一边承诺这个女孩说。她把迈尔斯的面具给他。但是面具只能遮住一半的金属脸，所以她把帽尖斜着往下推了推，遮住他脸的上半边。不过1英尺高的金属排气管，还是从他帽子上的一个洞里戳出来，但是现在已经没有时间处理了。

"等我们出去的时候，你能不能不要冒那么多烟啊？"

迈尔斯说："女士，我尽量。不过，恐怕身体活动就会燃烧燃料，就会产生烟。"

萨莉催他们："快点！要是你们非得这么做的话，马上就得走。"

阿拉贝拉强压下最后一丝疑虑，拿起托盘走到门边，敲了敲门。守卫马上就开了门，他一看见她，就站到一边让她出去。而现在她必须分散他的注意力，这样他就不会太注意迈尔斯。

"他们在那做啥啊？"她在发元音时故意粗声粗气，来掩饰上流社会的口音。

守卫说："你无权知道。"

"哎呀，说嘛，给点提示嘛，"她扑闪着睫毛说道，"他们为啥要叫我戴这个面具啊？"她说话时，迈尔斯正从她身后慢慢过去。

"是因为硝基酸还是什么，"守卫嘀咕道，"不要浪费我的时间了，赶紧回到厨房……那是谁？"他从后面盯着迈尔斯问，迈尔斯那会儿已经走出走廊前面有段距离了。

"就是之前的那个男孩啊，他们用不上他了。我听他们说是他的手指太大了。"多亏了昏暗的光线和弯弯曲曲的走廊，守卫似乎没有注意到迈尔斯摇晃着的机械式走路的样子，还有帽子上面冒出来的模模糊糊的一缕烟。

阿拉贝拉飞快地赶上迈尔斯，他们很快就到了一组陡峭的螺旋楼梯的上面。迈尔斯不太擅长下楼梯，所以为了节省时间,阿拉贝拉把他扛下了楼梯。他很重,压得她手臂上的伤口更疼了。但是想到时钟嘀嘀嗒嗒地离七点越来越近,她就不敢停下来。

下了两层之后,他们发现自己到了另一个走廊。走廊的那头是一缕从外面射进来的银色光线。阿拉贝拉问道:"迈尔斯,现在几点了?"

"女士,还差一分钟就到七点了。"

"我得跑了,否则的话,我就不能按时到那。你就以你自己的速度走到平台,然后找个看不见的地方等我。我只要一从恩格斯泰德先生那里脱身,我们就去云团工厂,懂了吗?"

"明白了。"

阿拉贝拉觉得,迈尔斯穿着蓝色的囚服,戴着帽子,看起来异常脆弱,所以她忍不住鼓励性地捏了捏他的肩膀。尽管她知道这样的一个动作,对于像他这种会思考的绅士来说毫无意义。然后她就转身朝着长长的走廊跑去。

等跑到走廊那头开着的门边,她已经完全上气不接下气了。在花了几秒钟让自己镇定下来之后,她走到凉风习习的斯特利伯格平台上。又见到了天空的感觉真好,就算是云团内部制作出来的白色光滑的人造天空也好。她立马就放松了。这个平台和之前恐惧之鹰抓她过来的时候放的平台类似,都是被烟囱包围的木质地面。不过这个平台上几乎空无一人。只有一个人站在平台那头一座大钟的下面，不停地晃动着脚后跟，看起来很不耐烦。钟上的时间是七点零一分。

"亲爱的，你迟到了，"阿拉贝拉在平台上才走了一半，他就大声叫她，"我刚刚开始怀疑。你脸上戴的是什么啊？"

"恩格斯泰德先生，是面具，"她说话时尽量去模仿萨莉的声音，"我得了严重的流感，流感在玛拉之翼上到处传播。我怕我会传染给你。"

他听完看起来很疑惑。她就站在离他几尺开外的地方，而他正在审视她脸上看得见的每一寸地方。这时阿拉贝拉突然觉得自己会被识破。

他问道："你为什么叫我恩格斯泰德先生？怎么不叫我亲爱的？那个词你是要叫谁啊，萨莉？"

她使劲地摇摇头："当然不是叫别人了，亲爱的。我——我就是觉得有时候还没习惯。"

"把面具摘下来。"他皱着眉头说。

"我——什么？"

"你听到我说的话了！"他大声喝道，"把面具摘下来，我想看你的脸。"

"可是你会被传染的。"

"你觉得我在意那个吗？"他说道，"你知道跟你在一起的短暂时光，对我来说意味着什么吗？流感跟你的吻比起来算得了什么？"

阿拉贝拉惊呆了,她自己从来没有品尝过爱情。她觉得很难理解,这种东西的力量和疯狂,疯狂到就为了一个吻甘愿冒着得病的风险。

"但是,恩格——亲爱的——我不可能让你拿自己的健康去赌。"

"亲爱的,别胡说。把面具摘下来,还是想要我来替你摘啊?"

说完他就朝阿拉贝拉走去,伸手去够面具。她往后退了退,拼命地想另一个理由。然后她脱口而出:"先生,我的嘴唇旁边长了一个大疮,又大又丑,要是你看了,恐怕再也不想见我了。"

"让我看你的脸!"他下令道,然后抓住面具一把撕了下来。

他盯着阿拉贝拉的脸,惊得一个字也说不出来。阿拉贝拉也回盯着他,就好像是贼被曝光了。她很担心恩格斯泰德先生的反应,便时刻准备好,逃回平台冲下楼梯。

第二十五章 生病的孩子

他们俩就像油画里的人物一样呆住了一会儿。恩格斯泰德先生翘着嘴,令人不安地笑了笑,深吸一口气说:"亲爱的,你不是萨莉,我本该生气的。不过,在看到你的美貌之后,我很难想象自己怎么会爱上她那样的女孩?你跟她相比,就好像玫瑰之于普通的蒲公英,又或者是天鹅之于丑小鸭。我的天使啊,我不知道你是为何来这里——可能是萨莉想要跟别人约会,她需要托词——那都无所谓了。因为现在重要的是,一个我常常在梦中仰慕的女人,一个我都不敢去想象是否存在的女人,现在就站在我的面前。"

听到他说这些话,阿拉贝拉觉得自己的脸变得通红。她从来没有被人这样描述过,也从来没有觉得自己漂亮过。一直以来,她的第一身份是飞行员,其次是一位严谨的女性。

然而,自己现在穿着难看的工服,身上还沾满了塔拉尼斯的灰尘和泥土,却成了这位男士最喜欢的人。可是一个人怎么能这么快就见异思迁呢?难道爱情就是这样子的吗?如果爱情是这样的话,事情就会突然以阿拉贝拉等人不想要的方式,变得多么复杂啊?更严重的是,这会为萨莉和她在玛拉之翼的狱友们带来灾难。

恩格斯泰德先生朝她走过去,闭上了眼睛,踮起脚尖,让自己的嘴能够得上她的嘴。

阿拉贝拉突然恐慌地想到,他这是要亲我了!她从来没有被男人吻过,肯定也不想把初吻给恩格斯泰德先生。

"恩格斯泰德先生!"就在他快要亲上的时候,她往后一退,大声叫起来。

他惊讶地睁开了眼睛说:"嗯?亲爱的,怎么了?"

"恩格斯泰德先生……"她又叫了一声,抬头望着天,想要找点灵感来编理由,但是天上只有云团。

突然,她想到了。因为不管怎么样,她对于这个男人来说都是有魅力的。而他能帮助她去云团工厂!所以她得小心翼翼地说出自己的请求。

她开始说了:"恩格斯泰德先生,这都是我的错,不要怪萨莉。其实今天是我劝她让我来的。您知道吗?她一直告诉我，您是一位多么善良多么大度的男人啊，再有……"

"再有什么？"他挑起眉毛期待地问道。

"我一直都痴迷于云团。"

"云团？"恩格斯泰德先生对谈话的主题转变得如此之快，显然有点困惑。

"自打我是个小女孩的时候，就被云团迷住了。"她说这话时，双手交叉紧握着，假装很热情，"自从我被捕，带到这之后呢，我就经常想，那个环绕着塔拉尼斯的云团——它是怎么被做出来的？又是怎么保持这么完美、这么稳定的呢？所以我想啊，恩格斯泰德先生，既然您对萨莉都那么大方，给她食物啊、药品啊这些东西，那我想自己是不是也能请求您的帮助呢？"

说完后，她微微低下头咬紧嘴唇，关键时刻来了——这个巧妙的计策，要么可以让她一步到位，要么就让她回到贝恩博士的刑讯室。

"恩格斯泰德先生，我想您能不能带我看看控制云团的那个房间啊？"

他疑惑地看着她："这就是你的请求？一个吻就要这点回报？"

阿拉贝拉热情地点点头，马上接着说："还有您为萨莉做的事情。我当然不会让我的朋友，因为我沉溺于自己愚蠢的喜好而受苦。"

恩格斯泰德先生说:"你的要求我都会同意,但是我不能让你进入云团工厂——因为甚至我本人也没有足够的安全级别可以进去,那里是塔拉尼斯安全等级最高的地方。不过,我很乐意陪同你到观景台。你可以在那观看制云机器是如何工作的。"

"哦,恩格斯泰德先生,您真是好人,我该怎么感谢您才好呢!"但是,当她发现他的嘴又凑上来的时候,阿拉贝拉心中的喜悦和解脱感来了一个急刹车。她飞快地用食指抵着他的嘴,这倒是让他惊讶地眨了眨眼。

她假装压抑住自己的激情,喘息道:"恩格斯泰德先生,您介意等我们到制云工厂的观景台再亲吻吗?要是我们能在那里亲的话,对我来说,会特别多了。"

他笑着说:"亲爱的,当然可以啦。你要是想的话,我们现在就去。"

然后,他们走下平台,来到走廊。突然,恩格斯泰德先生惊慌地停住了。原来,他在门边的阴影里发现了迈尔斯瘦小的身影。

他大声说道:"看看这是谁?孩子,你是在监视我们吗?"

迈尔斯从藏身之处冒出来说:"先生,我很抱歉,惊扰到你们了。"

阿拉贝拉赶紧护住了迈尔斯的肩膀:"恩格斯泰德先生,他是我儿子。我把他一起带过来了,希望您不要介意。"

"你的儿——?"恩格斯泰德先生噎了一下,"亲爱的,你看起来年轻得很呢。"

"您真是太会说话了。"阿拉贝拉一边说,一边让迈尔斯赶快走,避免恩格斯泰德先生凑近了看他。

"呃,我能理解成你已经结婚了吗?"恩格斯泰德先生一边问,一边加快了脚步跟上她。

"丈夫死了,"她很快地答道,看着"孩子"帽子上冒出来的蒸汽量,她有点心神不宁,"我丈夫得了病,呃,他脑子里水太多了。要是很热的话就会变成气。我担心自己的儿子也遗传了他的这种病。"

恩格斯泰德先生低头看着迈尔斯——他冒着气,头上传来微弱的嗞嗞声,走路的姿势还笨重。"对于你孩子的……毛病,我感到很抱歉。"他一边说着,一边带他们去一架供守卫使用的电梯。电梯像是个摇摇晃晃的旧箱子,电梯门吱嘎作响。电梯往下降时,齿轮会发出令人担忧的声音。不过好在他们顺利到达了目的地。

第二层相当拥挤。随处可见身穿普通灰制服的守卫和蓝色工装的囚犯,还有一群不太熟悉的人。从他们穿的白色外套和大部分人脸上困惑的神情来看,阿拉贝拉猜测他们是科学家。

恩格斯泰德先生沿着走廊，自信满满地往前走，阿拉贝拉和迈尔斯就跟在他的身后。从他身边经过的守卫们都向他敬礼，囚犯们则低着头，而那些科学家就当他不存在。

"就快到了。"恩格斯泰德先生一边说，一边为即将获得的奖赏而润了润嘴唇。一旦他们到达目的地，她该怎么甩开这个男人，阿拉贝拉正焦急万分。难道她真的要亲吻他吗？就算是的话，她这也是为了国家而做出的牺牲。

恩格斯泰德先生领着他们穿过了一道回旋门，到了一个安静点的荒凉的地方，只有两个守卫站在一扇上了锁的防盗门前。

"啊，我们到了！"恩格斯泰德先生喊了一声，"云团工厂！"

第二十六章　云团工厂

　　房门的右边，有一扇宽3英尺、长约30英尺的窗户。阿拉贝拉朝窗户走过去。透过窗户，她看到一间广阔的屋子，里面有八个闪闪发光的大铜缸。每个铜缸上面都有往外喷气的烟囱，烟囱的铜顶是圆形的。一些蓄着胡须的看似很重要的人正在房间里巡逻。每个铜缸两边都挂有计时器，上面的指针在不断闪动。他们检查着计时器，然后把结果记在笔记板上。其他人来回地去拿托盘，上面放满了瓶子，里面盛着五颜六色的液体。站在踏梯上的人把这些瓶子里的东西，通过每个铜缸上的窗口倒进去。从铜缸里伸出一大堆复杂的管子，这些管子连到房间尽头一根粗粗的金色柱子的底座上。这个柱子的底座直径大约是5码，呈巨大的倒金字塔形，它顶端的直径大约有20码，一直消失在屋顶的上方。

恩格斯泰德先生说:"你看,多种多样的化学物质,在合适的配比和恰当的温度下,由这些铜缸制造出来,然后传送到那边的大云泵。亲爱的,你感到很震惊吧?"

阿拉贝拉的敬畏之感并不完全是假的——因为这个房间确实很让人感到震撼。不过她也注意到这个房间也很容易被破坏。只要剪断一根连接大云泵的管子,或者是修改铜缸的设定温度,就算不能摧毁云团,也能严重损坏云团。

"亲爱的,现在你准备好亲我了吗?"恩格斯泰德先生问道。他用手臂抓住她的肩膀,把她拉向自己那湿湿的还留有唾液的嘴。而现在她却什么也做不了了……

"阿方斯·恩格斯泰德!"一个女人在她身后尖叫起来,"你胆子可真大!"

突然,恩格斯泰德先生僵住了。嘴唇吓得都干燥了,脸也变得惨白。他的样子就像是热锅上的蚂蚁。

阿拉贝拉转过身看见一个满头金发、穿着蓝色囚服的女人,她正穿过回旋门朝他们走来,脸气得通红。

恩格斯泰德先生嗫嚅着说:"亲爱的,对不起。我刚想起来自己还得到别处去一下。"说完,他就顺着相反的方向,沿着长长的空旷的楼梯落荒而逃。

"你这个无耻小人!"她在后面叫喊着,"到处拈花惹草!"当她跑到阿拉贝拉身边的时候,她同情地看了她一眼说:"不要觉得这很意外,他就是这样的人,甚至还不如呢。我敢打赌他是不是把你比作一朵玫瑰，说你是他眼里的珍馐。他之前也这么跟我说过。为了交换吻，他对塔拉尼斯上一半的女囚犯说过。不过她们中的大部分人因为有了额外的吃穿都很高兴，但我不这么想。因为我对吻的要求是婚姻，而他也答应我了。"这时候，她盯着他慢慢消失的背影吼叫起来："阿方斯！你承诺要跟我结婚的！"说完又去追他了。

"守卫！救命！"恩格斯泰德先生看见她在后面紧追不放，尖叫起来，"快把这个疯女人抓起来！"

那两个看管防盗门的守卫赶忙离开他们的岗位，紧紧地跟在她身后而去。

阿拉贝拉见状说道："迈尔斯，快点！我们的机会来了！你赶紧看看能不能把门打开。"

迈尔斯滚动到防盗门边上，把藏在右手食指里面的万能钥匙插进了锁孔。

迈尔斯一边开锁一边问："女士，我们进去以后能做什么呢？那个房间里都是工作人员，我们马上就会暴露的。"

阿拉贝拉仔细地观察着房间，盯着那些管子的走向，发现了一些东西。她对迈尔斯说："有一些从缸里伸出来的管子连到了房间的角落。我觉得他们看不到。我们可以偷偷地溜到边上，剪断那些管子然后逃走。他们会等到我们逃走了才会发现这点小破坏的。到那个时候，云团可能已经被摧毁了。"她兴奋地对这个机器人说，"迈尔斯，这不一定是自杀式行动。我们有可能可以活着跟别人讲这个故事。"

迈尔斯一边开锁一边说："女士，我真希望能像您那么自信。不过很抱歉，我对咱们这个困境指数的分析，结果要令人沮丧得多。"

"你要是不这么说的话，我反倒要担心了。"她微笑着说。

迈尔斯摇摇头："我完全无法理解，你们人类是如何在险境当中找到幽默感的，"他低声地说，"我之前提醒过您，我们不应该冒这次险。不过，哎，好像我注定要在您的生命中扮演着凶事预言家的角色——预测每一场即将来临的灾难，并注定总是被嘲笑或忽视。"

阿拉贝拉回味着迈尔斯的话，看着他在开锁。突然，她感觉到身后有轻微的嗞嗞声。这声音时有时无，就像是呼吸声，让她回想起了什么。

她记起来了……

有人正站在他们的身后，看着他们——这个人冷静、专注、极有耐心——一个瘦瘦的男人，戴着大礼帽、黑护目镜，还有皮质的面具。

阿拉贝拉转过身，先看到了这个跟踪者——一个秃顶且没有脖子的巨人。他伸出巨大的手臂，紧紧地抓住了她。阿拉贝拉被逮住以后，被迫转过身来看着科莫多斯·贝恩。这个施刑者漆黑的如昆虫般的眼睛死死地盯着她，他的钢制拳头张开握紧时发出了咝咝声。

他轻笑一声："啊！原来是阿拉贝拉·韦斯特女士呀，叛国者的女儿，这可真是惊喜啊！我想你是在对我们的云团做点小小的恶作剧，是吧？看来，福雷斯特先生那边还不够你忙的，嗯？不，应该是福雷斯特先生不再需要你的帮忙了。因为我甚至都不需要对他动手，他就把一切都告诉我了。他对你更多的是同情，他称为是情感攻击。"

他喃喃地说："年轻的女士，现在没有福雷斯特先生保护你的话，你在这儿好像也没有朋友了。你就是空中总督说的'毫无用处的饭桶'，你只会吃，但是不中用。一般情况下，我们会杀掉不中用的饭桶。不过我觉得，你还是知道一些有关'尼尔森'号的情报，而我也非常乐意从你那获取。至于你这位锡制的朋友嘛，他该直接去废品站了。"

贝恩朝着迈尔斯站着的门边毫无预警地飞奔过去。他的钢制手臂高高举起，使劲地捶在了迈尔斯的头上。迈尔斯摔倒在地，头盖骨深陷了进去。贝恩又蹲在这个受袭的机器人旁边，重重地捶了好多次，敲碎了迈尔斯手臂和腿的连接处，直到他只剩下一堆金属的身体零件——电线、管子，还有弹簧。阿拉贝拉因为被绑紧了，只能惊恐万分地看着她这位会思考的朋友身上发生的一切。

第二十七章　心之痛

阿拉贝拉瘫倒在牢房的石头地面上，内心十分难过。自从爸爸去世之后，她从没如此难受过。手上和腿上的烫伤，疼痛不已，嘴里也实在是太干燥了，她甚至连嘴都张不开。但是身体上的所有痛苦，跟她此刻内心的痛苦比起来根本不算什么，因为她背叛了自己的国家，泄露了国家机密。她之前曾经想象自己是一位勇敢的女英雄，愿意为祖国而献身，但是如今这一切都成了幻想。在她惨遭折磨那漫长的时间里，有那么一刻，她突然再也受不了了，所以她开口了。她告诉了贝恩他想知道的东西——承认了自己是间谍，也承认了英国正集中力量寻找并想要摧毁恐惧之鹰，透露了澳大利亚皇家海军"尼尔森"号会在明天黎明从韦茅斯港出发，直抵格兰维尔。她没有再供出更多的信息了，但这只是因为伤口实在疼得太厉害了，让她都说不了话了。

拜她所赐，几个小时后，英国皇家舰队的旗舰就会满怀信心地驶向天空，驶向毁灭。而现在唯一的安慰就是她可能不需要亲眼见证那一刻了——因为她猜他们会在那之前把自己处决掉。的确，现在不需要迈尔斯来提醒她事情是多么的糟糕了。可怜的迈尔斯，虽然是由金属和电线做成的，但一直以来他都是她可信赖的朋友，想到贝恩那么随意就毁掉了他，她心里就痛苦万分。

这时，刺耳的惨叫声从走廊深处传来——科莫多斯·贝恩正忙着用他炙热的发着光的手指来榨取秘密。她从来都没有怀疑过，在这种鬼地方，会有各种各样的情报被供出来——有关货轮路线的情报、计划的囚犯起义，或是阴谋策划把贝恩的金属手臂砍掉，然后逼他自己吃下去……

她试着动动舌头咽咽口水，但是完全动不了。要是还没有水喝的话，那她肯定会渴死的。此刻的牢房就跟她的心情一样，既黑暗又惨淡。牢房顶上挂着一盏小小的脏兮兮的煤气灯，除了照亮牢房中间的一小圈地面，其他东西都是模模糊糊的。她听到从黑暗的角落里传来老鼠窸窸窣窣的声音，隔壁牢房里的呻吟声、嘟囔声，还有她狱友的鼾声。而她自己无意识的呻吟声，也加入到了它们的行列中。这时要是有膏药来缓解一下伤口的疼痛，该有多好！

忽然,阿拉贝拉听到了不同的声音——那是沿着走廊传来的脚步声。他们在她的牢房外停了下来。光线太暗了,她看不清是谁在外面,应该是处决她的人吧。所以她做好了准备,下定决心至少要勇敢地面对自己最后的时刻。然后她听到了一个花哨的男性声音低声道:"亲爱的,你和塔拉尼斯上其他女人相比,就犹如玫瑰之于田野里的蒲公英,天鹅之于一群家鹅。"

是恩格斯泰德先生!他究竟在这里做什么?要是他还想继续求爱的话,那这时机可真够糟的。不过也许他可以给她带杯水。

"先生,您可真是好人。"一个女人的声音传来,阿拉贝拉这才意识到,他已经为自己那贪得无厌的嘴唇重新找了新对象。不过这个带法国口音的女性声音,她似乎也很熟悉。

"我现在可以亲你了吗?"恩格斯泰德先生恳求道。

"嗯。"

阿拉贝拉随后就听到了长长的湿湿的吮吸声,不寒而栗。

"亲爱的,谢谢你!"恩格斯泰德先生终于吸了口气说。

"那现在能让我进去吗?"那个女人问。

"当然了。"

钥匙咔嗒一声插进锁孔，门嘎吱一声开了，又哐当一声关上了。这个女人慢慢地走到了煤气灯投射下的光影里，外表渐渐清晰起来。当阿拉贝拉看清她是谁之后，内心激动了一下。玛丽·达盖尔一只手里拿着一罐水，另一只手里拖着只重重的麻袋。她把这些东西都放到地上之后，走过去拥抱了阿拉贝拉，亲了亲她的双颊。

阿拉贝拉发现自己实在是太虚弱了，都站不起来。她朝着水罐的方向弱弱地做了个手势，玛丽马上就把水罐拿过来，举到她的嘴边。在她喝下第一口水的时候，就好像是天降甘霖。

"谢谢你。"阿拉贝拉嘶哑着说。

玛丽坐在阿拉贝拉的身旁，从口袋里拿出一瓶烫伤膏，开始把凉凉的膏药轻轻地涂在阿拉贝拉的手上和腿上。阿拉贝拉闭着眼睛，感受着皮肤上舒缓的感觉。但是随着身体上的疼痛渐渐缓减，她情感上的折磨开始加重，她哭了起来。

玛丽见状问："对不起，我是不是把你弄疼了？"

"不，没有。膏药很舒服，但是，没有膏药可以抚慰我内心的疼痛。因为我——我背叛了自己的国家，玛丽。"阿拉贝拉呜咽着说。

玛丽安慰她："背叛自己的国家并不可耻。因为在这种鬼地方，每个人都曾背叛过某人或者出卖过什么。贝恩那个恶魔把所有人都折磨成了懦夫和背叛者。那就是他的目的——以此来证明勇气和高贵根本就不存在。"

"他已经在我身上达到了目的。"阿拉贝拉哭诉着说。

玛丽说："胡说，你是我见过的最勇敢的女孩。许多健壮的男人在那个房间里坚持不到一个小时就败下阵来，但是你足足熬过了两个多小时。而且你身上的伤口也是我见过的最多的。"

说完，她从瓶子里取出更多的膏药，继续轻轻地按摩着伤口。"你之前也非常勇敢地潜入云团工厂，"她接着说，"我很抱歉，我不该怂恿你做这样愚蠢的事。"

阿拉贝拉说："我非常感激你这么做了。因为当时有那么一会儿，我真的觉得自己好像是在做一件有用的事情。"她抬头凝视着这个目光柔和、瘦骨嶙峋的女孩，内心突然涌起一阵担忧："你现在就走吧，要是他们抓住你的话，就麻烦了。"

玛丽说："我有三个小时的安全时间。"说这话的时候，她都忍不住紧张地咯咯笑。"我的吻值那么长时间。这些守卫忌惮恩格斯泰德先生，他们会睁一只眼闭一只眼的。"

"嗯，他确实还有一点权力，"阿拉贝拉赞同着说，"但是你不得不去亲了他，我真是抱歉。"

玛丽说："呃，但至少要比跟贝恩博士在一起好多了，

第二十七章 心之痛

不管怎么样，还没有那么糟糕。"

阿拉贝拉问她："袋子里面装的是什么？"

玛丽把袋子拿过来拉开，这样阿拉贝拉就能看到里面的东西了。

"迈尔斯！"她看到了迈尔斯的头顶。

玛丽纠正她："是迈尔斯的零部件。我有个朋友受命把他送到焚化炉里去，我说服他们将这些零部件给我了。"

阿拉贝拉说："谢谢你！"她抱了抱玛丽，抱的时候碰到伤口了，疼得龇牙咧嘴："但是我恐怕不知道怎么把他组装起来。"

玛丽说："那你认识我就很幸运啦。"她站起来，深鞠了一躬说："请让我介绍一下我自己：玛丽·达盖尔，一级机械工程师！我之前可是制作和修理包括蒸汽飞船和以太设备在内的专家。我敢肯定机器人也不过如此吧。"

阿拉贝拉听完笑了笑，她在想自己是多么幸运可以遇到这个女孩——间谍、护士、破损灵魂的抚慰师，现在又多了一个身份，工程师——也许事情并没有那么糟糕。

玛丽把手上的膏药往裤子上擦了擦，开始组装起迈尔斯了。阿拉贝拉看着这个女孩儿打开了他的胸腔，便钻研起机器人内部结构那复杂如迷宫般的世界去了。不过她似乎并没有对这无数的零部件感到困惑。所有的小齿轮、杠杆、电线、弹簧、黄铜棒、螺丝、管子、钉子、铆钉和螺栓最后形成了一个非凡的实体，那就是迈尔斯。

玛丽用她口袋里的工具，对迈尔斯进行重新拼装、接续、修补、调整、测试和精细调频。她不止一次地停下来，挠挠头喃喃自语："英国的机械……真是非常古怪！"有一会儿，迈尔斯那分离的头里还传出了他怪异的声音："玛丽有只小羊羔，羊毛白如……女士，我感觉不太舒服。"

玛丽在修复过程中，在迈尔斯的左手上有一些特别的发现。她给阿拉贝拉演示了他的左手是如何自动从手臂分离，并且由拇指根部的一个小引擎驱动，利用埋在手掌里的一组小滚轮行动自如的。她还在中指的指尖，发现了一个迷你照相机，在食指的指尖发现了一个麦克风。这个麦克风可以自动把声音记录到隐藏在一个关节上的蜡筒上。

看到这些，阿拉贝拉长呼一口气说："我完全不知道！"

玛丽也嘟囔着说："有些东西我以前从来没见过，就算是在论文中也没见过。"

阿拉贝拉笑着说："那这就是英国的机械啦——既古怪又精巧。"

不过奇怪的是，玛丽捣鼓东西发出的声音，没有引起任何守卫的注意——恩格斯泰德先生的确言而有信。但是三个小时的时限马上就要到了，她不得不加快速度。当守卫来开牢房门的时候，刚刚结束，正好把迈尔斯的髋关节连接起来。

一听到钥匙插进锁的声音，还有门的嘎吱声，阿拉贝拉马上就没了精神。

玛丽边爬起来边说："希望我对你朋友的处理得当。"

阿拉贝拉脸上挤出一个微笑说："肯定不错，谢谢你。虽然我不知道这对我有没有用，对迈尔斯有没有用，但是至少现在他又回到我身边了。"

玛丽把那瓶烫伤膏递给她："疼的时候就涂到伤口上。"

阿拉贝拉再次谢谢她："玛丽，你真是我的好朋友。祝你好运，真希望我以前能为你做得更多点。"

"快点！出来了！"守卫在门口喊起来。

玛丽满含热泪地拥抱了阿拉贝拉，她抽泣着说："亲爱的，要勇敢。我为你还有我们向上帝祈祷，希望都还能有出路。"

第四部分

1845年6月18日

第二十八章　机械手

阿拉贝拉紧张地按了一下迈尔斯背上的开关，机器发出咯咯的声音，电动的黄色显示灯闪烁起来，他眼睛里发出微弱的光。不过这光线似乎比以前的要暗一些，也没那么稳定。

她问："小家伙，你感觉怎么样？"

停了一会儿后，他说："女士，你好啊。"声音比以前要低沉而且缓慢，"我感觉……自己被修改了。有没有人修补过我身体内部的东西？"

阿拉贝拉解释道："你被科莫多斯·贝恩敲碎了。"

"对，我记得。"他说这话的时候，声音更低了。

"我的朋友好心地把你给拼回去了。"

这时，迈尔斯不太舒服地颤动起来。

"您的朋友也许是……法国人?"

"对!她叫玛丽·达盖尔,就是那个给我们云团工厂地图的女孩。你是怎么知道的?"

"有点……法国人的做事风格。"迈尔斯用略微窒息的语气说。

"哦!我还是希望你没有被改造得太多,我更喜欢你以前的样子。毕竟,你是一位会思考的英国人。"

"女士,这一点请勿操心。我的内里还是会思考的,也仍然是一位英国人。这要感谢她并没有干预我的大脑,至于身体的其他部位嘛……"他试着弯曲自己的关节,阿拉贝拉发现他还不安地耸了耸肩,她觉得自己看错了。迈尔斯自己倒是觉得相当满意。

阿拉贝拉说:"尽管我担心她的修补收效甚微,但是现在我很欣慰听到你说这些。"随后,她把自己供出"尼尔森"号情报的事情告诉了他,也告诉了他自己即将被执行死刑。她承认,"就算是我,现在也很难对我们目前的情况,表示一点点乐观"。

"女士,您能这么说,本身就是一件乐观的事情了。因为您最终认识到了事情的本来面目,这可是未来的好兆头。"

阿拉贝拉叹了口气:"什么未来?"

"不管是什么未来,但不可否认这是个简单的未来。现在是凌晨十二点半,'尼尔森'号在四点半就会出发。我估计袭击会在其出发的半个小时之后开始。那时以及接下来的几个小时，我猜塔拉尼斯的领导者们都会把精力放在捕获'尼尔森'号和之后的事情上。所以我十分怀疑，你会在早上九点前就被处决掉。那样的话，我们就有八个半小时的时间来自救。"

"可是现在我们被困在这里，还能做什么呢？"

"女士，你能做的第一件事就是休息。"

她盯着他看："迈尔斯，你确定玛丽没有动过你的大脑吗？现在睡觉有什么用啊？而且，明知道自己明天早上就要死了，我又怎么可能睡得着？"

迈尔斯说："女士，您需要精力来应付接下来可能会发生的事。况且接下来的几个小时你什么都做不了，所以现在最明智的选择就是休息。"

阿拉贝拉急得跺了跺脚："我的金属好朋友啊，你要是有计划的话，能不能行行好告诉我啊？"

迈尔斯冷静地回看她一眼："女士，我没有计划。但是我有一些……配件……可以让我们调配使用，换句话说，去搜集情报。"

"是什么样子的配件啊？"

迈尔斯一言不发。

"迈尔斯，快点给我看看啊！不要那么小气嘛！这个东西是不是恰巧与你那双灵活的手有关啊？"

第二十八章 机械手

"如果你指的是我会开锁的手指,那我认为它不适用于我们现在的情况——此刻,牢房外正有一个守卫把守。"

"迈尔斯,我说的是你的左手。"

听到这话,这个机器人似乎微微抖了一下。

她小声说:"我知道照相机、麦克风,还有录音设备的事了。"

迈尔斯静静地说:"女士,这是绝密的技术。那个法国女孩也知道?"

"嗯。她是个值得信赖的人。"

"不管她值不值得信赖,这都是最糟糕的消息了。我的女士不会高兴的。"说完,迈尔斯发出了轻微的啵啵声,她觉得那是叹息吧,"我们一定要确保这个消息没有第三个人知道。"

他按下了左腕上一个隐藏的按钮,然后那只黄铜手臂就自动脱落了。"我要去搜集以太盾的进展情况,还有空中总督对'尼尔森'号的逮捕计划。"他把那只手放到地上,又在一个几乎看不见的键盘上按了一些按钮——这个键盘藏在手掌里面。阿拉贝拉猜,他应该是给手臂的导航大脑输入操作指令。

迈尔斯拿着手臂来到牢门边,通过门底部的取食口,把它放到外面走廊的地面上。阿拉贝拉看着这个微型引擎发动起来，喷出一点点蒸汽，几乎没有声响。然后，那只手开始利用滚轮朝着地牢出口移动。

迈尔斯说："这得需要几个小时。同时我还是建议您现在尽量休息。"

阿拉贝拉点点头，坐在地上。她现在已经不口渴了，而且伤口的疼痛也消减了，目前主要的生理需要确实就是休息了——实际上，她已经筋疲力尽了。

"那好吧，"她一边躺下来一边打着哈欠，"一有消息就叫醒我。"

"我会的，女士。"

一束奇怪的抖动着的光照在她眼皮上，阿拉贝拉被弄醒了。她睁开眼睛，看到了本·福雷斯特那个诡异的形象，就像一幅移动着的油画挂在自己头上。他正用深邃乌黑的眼神盯着她看。这是在做梦吗？她是梦到那个年轻人了吗？这也太滑稽可笑了吧。在她人生的最后一夜，竟然偏偏梦到他！

下一个念头又让她一下子凉透了心。

她是不是已经死了？难道这是来世吗？不，这不可能。她怎么会和福雷斯特先生在同一个来世中呢？她曾经想象过的天堂，有着英式美丽的精心修剪过的草坪和涂着白漆的庭院家具，还有一位完美的管家，正在奉上奶油茶点，又或者是一片无边的夏日天空，点缀着纤细的小云朵，她就驾驶着

第二十八章　机械手

自己的"王子"号，飞过英国的农场和村庄。

她的天堂里根本就没有福雷斯特先生的位置啊！

"女士！"

啊，是迈尔斯！对了，自己的天堂中该有他的位置，他就扮演管家的角色好了。

"女士！快醒醒，看看这个。"

阿拉贝拉眨了眨眼睛，坐了起来。梦还没有醒，因为福雷斯特先生还在牢房的墙上，魔法般地动来动去。他好像是由光组成的，这光照射出来的时候，闪着淡黄色和深褐色。迈尔斯也能看见这个吗？她朝他看去，吓了一跳。这才发现原来光正是从他的胃部的区域投射出来的。他的腹部里有盏灯，正在"呼呼"不停闪烁着。

第二十九章　魔法图片秀

迈尔斯向她解释道:"这就像是西洋镜。要是你连续不断地播放静止的图片,那么图片就会动起来。这些图片被放在一种叫作胶片的透明介质上,而胶片会在一个配备快门和镜头的煤气灯前面快速掠过。"

"但是——你是从哪里拍到福雷斯特先生的?"

迈尔斯说:"是不久前我的那只手拍回来的。照片拍的是奥丁宫殿的正殿。我们现在要是把图片和手录下来的声音同步播放,那我们就能听清楚福雷斯特先生在说什么了。"

迈尔斯的左手现在重新与手腕连接起来,他按了按上面的一些按钮,转了转腹部的几个转钮。这时,一阵清晰的噼啪声和嗞嗞声传来,突然,福雷斯特先生说话的声音能听清了。

"空中总督先生,现在我就可以向您证明,"本那个抖动着的深褐色人像开口了,"以太盾已经全面保护了恐惧之鹰。您的手下随时都可以射击。"

阿拉贝拉这才第一次注意到,高耸在本身后的就是恐惧之鹰——荷鲁斯那令人震惊的身影。她还在战机的左边,能看见整个以太盾生成器。发电机上面水平悬挂着一个大缸,大缸是由两个木质的脚手架塔支撑着的。固定在缸盖子上面的一根绳子被拉下来了,使得这个大缸微微倾斜。一股细薄的液体从缸中流到五个电磁塔中间悬浮着的一个模糊不清的形状中,那就是以太空间的入口。尽管现在透过魔法西洋镜来看,以太空间还是没有形状,似乎像许多东西,也似乎什么都不像。

十几个全副武装的守卫站在恐惧之鹰旁边,看起来十分渺小。他们用枪齐齐地瞄准战机,在收到开火命令之后,开始射击。但就像之前一样,这些子弹在距离战机钢制的翅膀1英尺的地方,就碰到了一堵隐形的墙,子弹开始游得很慢,就好像在穿过油或者是其他重密度的介质。士兵们又用火焰喷枪射击战机,但是火焰一靠近目标就纹丝不动了,好似战机旁边的时间被扭曲了。

阿拉贝拉发现自己被展现在牢墙上的这些事情深深吸引住了。这真是太非比寻常了。在一盏灯前一张接一张地把透明的照片展示在普通的墙上,就能呈现出跟舞台剧一样引人入胜的迷人场景。

接下来上场的是重型火炮，四架后膛装弹的阿姆斯特朗炮调整好了射程。阿拉贝拉知道，这些可怕的武器，可以把一艘沃尔坎级巡洋舰炸得粉碎。但是当硝烟散去之后，战机的翅膀却丝毫未损。

测试完之后，空中总督朝本走去，脸上带着恶狠狠的微笑。他紧紧地握着本的手，本也朝他笑了笑。看着他们两个站在恐惧之鹰的战机前面，就好像是两个邪恶的兄弟，阿拉贝拉觉得有点恶心。

奥丁好像是要说些什么，不过他们没机会听到了，因为外面的走廊上传来了几个人的脚步声。迈尔斯赶忙熄灭了他的魔法灯，关掉了引擎。那些会动的图片和声音逐渐消失了，就好像从来就没有过一样，墙上普普通通什么都没有，只剩下油漆过的砖。

门锁咔嗒一声，牢门开了，有个新囚犯被推了进来。他摔在地上滚了一圈，抬起头来笑了笑。

"嘿！是阿拉贝拉女士，还有迈尔斯啊！真想不到啊！老伙伴们又重新聚到一起了！"

看到他自己目前的状况，本·福雷斯特并不那么沮丧。

门又砰地关上了，钥匙重重地咔嗒一声。

"福雷斯特先生！"阿拉贝拉发现自己清醒了过来，说道，"这可真是奇怪啊！我以为你和空中总督亲密无间呢。"

本爬起来拍拍身上的灰，笑道："嗯，他很喜欢我做的以太盾。不过，他一旦得手了，就不再需要我了。我可能会被处决掉，也可能成为机房的囚犯，我听到的消息差不多就是这样。女士，你之前是对的，那份合同根本一文不值。"

阿拉贝拉说："那倒没有让我很惊讶。相反我觉得震惊的是，你竟然相信那份合同有价值。你难道不明白自己处境的可笑弱点吗？困在一个飘浮着的城市，只用一张纸来对付一群凶狠的海盗？当然我觉得，是对金钱的崇拜才让你那么想。"

本若有所思地点点头，但是他并没有表现出她希望看见的难过和懊悔，所以阿拉贝拉觉得有必要继续说，她想让他明白自己到底都做了什么。

她说："'尼尔森'号很快就会被抓住，到那时就没有什么可以阻挡法国的进攻。先生，你可以下地狱了。因为你一个人，将要对整个国家的战败和即将遭到的奴役负责任。"

当她说这些话的时候，阿拉贝拉突然意识到自己也是要负责任的。一想到这儿，语气就变得苍白无力了，她背靠着墙颤抖着嘴唇说："我也和你一样有罪。如果说你给奥丁的袭击提供了致命武器的话，那我就给他提供了袭击的时间和地点。"

本感到不可思议地抬起头来说:"女士,是你吗?"

她点点头:"福雷斯特先生,我的罪比你更重,你没有国家可以背叛,但是我背叛了。"

她看到他盯着自己手臂上鲜红的伤疤看,赶忙把伤疤盖了起来。

他抱怨道:"你又被逼供了!唉,女士!"

"我没事,"阿拉贝拉不喜欢别人可怜她,"我现在必须要做的,要是你想帮我的话,就是尽力去纠正我所做的事。迈尔斯,现在几点了?"

"女士,早上四点五十五分。"

阿拉贝拉抽了一口气:"'尼尔森'号在五分钟之后就会出发,半小时之后袭击就会开始,我们没有时间浪费了。迈尔斯,你能把我们弄出去吗?"

迈尔斯答道:"我可以打开牢门,但是外面有守卫,就算出去了也无济于事。"

本提出来:"我来引开他们。"

"好主意!"阿拉贝拉对他的加入感到很高兴。

迈尔斯说:"先生,那必须得是大动静。因为总共有三个值班的守卫,而走廊尽头又有一扇门。我打开每扇门需要两分钟。"

本想了一会儿说:"要是我和阿拉贝拉女士打起来了,那肯定会把一个守卫引进来。只要他一开门,我就能制服他。你们俩就跑到第二扇门,然后……"

迈尔斯问:那还有另外两个守卫怎么办?"

本皱着眉头陷入沉思。

这时候阿拉贝拉突然说:"我朝反方向跑把他们引开。"

"但是,女士,那你就要朝……"

"我知道!朝科莫多斯·贝恩的刑讯室跑。他们不会想到的。他们去追我的时候,迈尔斯,你就把门打开。然后在牢门外面等我——我会偷偷溜出去跟你们会合。"

迈尔斯的帽子上喷出一阵紧张的蒸汽。"女士,好吧。要是你觉得这是唯一的办法的话……"

第三十章　搏斗

本说:"女士,如果你同意的话,我也想加入战斗,加入你们的小小逃跑计划。"

阿拉贝拉高兴地说:"十分欢迎,福雷斯特先生。如果现在都计划好的话,那我们得开始表演打架了。"

"确实是的,"本点点头,淘气地笑起来,"女士优先,你先来。"

在她所有有理由去打一架的人当中,本·福雷斯特是排在前面的。不过开始的时候,她还是一时语塞了。

接着,她脑海里浮现出科莫多斯·贝恩曾对她说的话:……应该是福雷斯特先生不再需要你的帮忙了。因为我甚至都不需要对他动手,他就把一切都告诉我了……他称为是情感攻击。

突然，她不想仅仅是假装争吵了——而是想要杀了他！

她生气地说："你都没争取，就把我交给了贝恩！为了让自己免受折磨，你就把我交了出去！你明知道我会被严刑逼供的，可是你根本就不关心！"

"等会儿！等等！"本举起双手一动不动，"女士，你是来真的，还是在演戏啊？"

"你知道我说的都是真的，"阿拉贝拉静静地用威胁的语气说，"你就是个阴险小人。真不知道你怎么能这么心安理得。"

本盯着她看，一脸完全不理解的表情，挠了挠头。"女士，你可能不太赞同我做的许多事情，但是我不是小人，我也没有把你交给贝恩！我从来就没见过他，更不要说跟他说话了。如果是他告诉你我把你交给了他，那他才真的是个该死的骗子。"

可是她大喊道："你现在肯定会这样说，对吧？但是，福雷斯特先生，你自己什么都不相信，那我为什么要相信你？你倒是给我一个好理由啊！"

这时，一个看起来被惹恼了的守卫，大步走到房门边吼了一声："喂，给我安静点。"

本快如闪电般地扑向阿拉贝拉，一把抓住她的衣领，重重地把她推向牢房门。这股冲击力太大了，以至于阿拉贝拉快要窒息了。他的嘴离她就几尺远，这会儿因为愤怒已经扭曲起来。在几乎抑制不住的暴怒下，上嘴唇不断抽动着。"把她——这个鬼给我弄出去！"他咆哮起来，"我告诉你，她就是个巫婆！把她弄出去！"

他的生气吓坏了她，同时也让她记忆深刻。距离他这么近，看清楚他脸上那暴戾般的仇恨，她的内心都战栗了。这不全是演出来的吧？

但是无论如何，这起作用了。守卫打开门，本瞬间就跳到他的身上，把他压在地上。

"快走！"本朝着阿拉贝拉和迈尔斯叫道。他们冲到了走廊上。迈尔斯朝左边跑向地牢出口，而阿拉贝拉往右边跑。走廊上沿途的其他囚犯们开始尖叫，拍打着他们自己的牢门，这下场面更加混乱了。另外的两个守卫一直在小桌子旁打牌。当阿拉贝拉全速朝他们冲去的时候，他们正爬起来。他们一定被她冲到地牢深处的场面给吓坏了。他们去抓阿拉贝拉，但是已经太晚了——没有什么能够阻挡她继续往前跑。她跑过他们身边，掀翻了桌子，把扑克牌撒得到处飞扬。这让那些观看的囚犯欢呼不已。

在阿拉贝拉还没注意到的时候，她已经推开了走廊尽头的那扇大橡木门，穿过它进入了贝恩的刑讯室。房间里面的火堆已经灭了，黑漆漆一片，寂静无声。谢天谢地，贝恩现在不在这儿。他一定是上去陪同空中总督,准备庆祝捕获"尼尔森"号了。但阿拉贝拉仅仅看了一眼房间和那张桌子,闻到那挥之不去的皮肤烫伤的气味,她自己的肌肤就刺痛得起了鸡皮疙瘩。她听到身后的响动,赶快躲到了房间一边的阴影里。这里实在太暗了,她都几乎看不清周围的东西。一个守卫拿着个汽驱的手电筒进来了——她猜他的同伙肯定是去追迈尔斯或者本了。他在房间里摇晃着手电筒,光线就落在她头上几英尺的地方。

他叫嚣着:"小姑娘,我知道你就在这里!快投降吧,为啥不投降呢?我发誓这次我会好好待你的。"她瞥见了他豺狼般的奸笑,黄牙毕露。

他踢倒了几把椅子,检查了桌子底下。接着,搜查变得更有章法了。他谨慎地沿着房间的边缘移动着,渐渐逼近了她的藏身之处。阿拉贝拉朝左边慢慢移动,尽量不被手电筒照到。在到了角落之后,她开始沿着有壁炉的那面墙慢慢移动。阿拉贝拉的计划是沿着房间的墙移动,一直挪到入口处,然后朝地牢门猛冲过去。希望迈尔斯那时候已经把牢门打开了。

这时,就在墙边几码的地方,她摸到了一块窗帘,窗帘后面有个壁龛。壁龛里面有一级小型的木楼梯,上面还有另一级——这是科莫多斯·贝恩的私人楼梯。

这也是她的一条逃跑路线啊！

那迈尔斯和本该怎么办呢？

守卫离她越来越近了，不容多想，阿拉贝拉一把推开了窗帘，坐在第一级和第二级楼梯上。上面的楼梯呈螺旋上升，一直延伸到无尽的黑暗中。她从窗帘后面偷偷看一眼，吓了一大跳……

一个小小的黑色的形状，约摸是老鼠大小，正在从地上快速跑过，径直朝她而来。那个守卫也看见了，他打了它一枪。子弹从石头地面反弹开，埋在了墙上的某个地方。

守卫咒骂了一声："该死的老鼠！"

老鼠碰到了阿拉贝拉脚下的窗帘，她厌恶地往后一退。就在这时，她看到了暗暗的黄铜般的微光，一阵兴奋涌来，她认出来了，那是迈尔斯的手。

她将手偷偷穿过窗帘的底部，把那只金属手拉了进来。金属手是暖和的，她能感觉到拇指指根的引擎在轻轻震动着。她一碰到中指，指尖就射出来一道浅浅的光，也能听见微弱的噼啪声。金属手正在录音。

她把金属手拿起来，让指尖的照相机对着她的脸，低声说："我在贝恩的房间里，有一个守卫……"

突然，窗帘被扯开了。守卫手电筒的强光灼烧了她的眼睛。

第三十一章　爆炸

守卫咧着嘴笑得像头土狼道："不许动！"他用枪指着阿拉贝拉，朝她走去。这时，阿拉贝拉想都没想，直接举起迈尔斯的机器手狠狠地砸在他的头上。他又笑了几秒钟，然后倒在地上不省人事了。

阿拉贝拉把机器手指尖上的照相机正对着自己的脸，说了接下来的这番话，冷静得连她自己都觉得诧异了："我已经干掉了那个来追我的守卫……我在贝恩的房间里发现了一个秘密楼梯。我们可以从这逃走，并且有可能直接进入奥丁的宫殿。你们尽快到这与我会合。"

说完，她把那只手掌朝下放回了地上。它快速地穿过房间，朝门外冲去。

一分钟后，本来到了房间，他的身后跟着迈尔斯。阿拉贝拉挥动着窗帘，跟他们打招呼。

"其他的守卫们怎么样了？"她问。

"都被我们干掉了。"本说。

"福雷斯特先生让他们不省人事了。"迈尔斯说。

阿拉贝拉抬头看着本，既惊讶，又敬佩。"这对生意人来说很不错了。"

本轻轻地耸了耸肩。"我小时候学过一点柔术。"他指了指倒在地上的那个守卫，"这对空中表演飞行员来说，也还不错。"

阿拉贝拉没有回看他一眼，因为在刚才的争吵之后，两人的关系还是有点紧张。她对福雷斯特先生的感觉很复杂——他似乎有很多面。很大程度上，她想去厌恶、怀疑这个微笑着的、只看重利益的商人，他为了自救，很可能把她交给贝恩。但与两天前他开着自己的战斗机飞到塔拉尼斯，把货物卖给空中总督的时候，还在嘲笑奥丁所展现出的迷人而莽撞的形象并不相符。同时她觉得，透过他那玩世不恭的外表，看到了他内心深处的东西——比方说，因为没有尝试从贝恩手中解救她，他对自己感到愤怒。以及刚才她指责他背叛的时候，他全身充满了不可言说的怒火。福雷斯特先生就是一个谜，一个一直激怒她、迷住她、让她焦躁不安而又十分好奇的谜。

"女士，现在是凌晨五点二十分，"迈尔斯说，"对'尼尔森'号的攻击可能已经开始了。"

"我们现在最好马上行动。"阿拉贝拉说。

迈尔斯看了看那陡峭的旋转楼梯,愁眉苦脸地喷出烟:"我会拖你们俩的后腿的。"

"小伙子,不会的!"本说,"我扛着你走。"说完,他就把这个会思考的英国人扛到了自己背上。

阿拉贝拉在前面带路,攀爬这些狭窄而曲折的木楼梯,花了他们不少时间,也消耗了很多体力。终于,他们爬了出来,眼前并不是奥丁的宫殿,而是一处废弃的平台。阿拉贝拉环视一周,明白了自己的位置。在城市的底部和奥丁宫殿所在的城市顶部之间,有一大堆层层叠叠的平台。他们现在大致上是在那堆平台三分之二的地方。最上面的离宫殿最近的平台,挤满了塔拉尼斯人。阿拉贝拉在最顶部认出了奥丁那高大矫健的身形,还有科莫多斯·贝恩。他穿着黑色斗篷,戴着大礼帽站在他的旁边。他们每个人都朝着环绕着塔拉尼斯的云墙望去。

阿拉贝拉顺着他们的目光,恰巧看见了目前为止她人生当中最不可思议、最令人胆寒的景象。

此刻,巨大的恐惧之鹰——荷鲁斯,从云墙里现出真身,二十架小型的"恐惧之鹰"号战机排列在它的两边。每一架战机的爪子都抓着一艘英国皇家舰队的军舰。荷鲁斯的爪子紧紧抓着的正是舰队的旗舰，澳大利亚皇家海军的"尼尔森"号。

阿拉贝拉曾经见过"尼尔森"号的图片，但她却未预料到它势不可当的力量和雄伟。这艘巨舰的舰身，装备有气囊。每个舰首有一个50英尺长的锋利的尖状物，沿着两边覆盖到舰尾。从舰首到舰尾都有炮塔，两翼还布满了双层蒸汽炮的炮门。下面的小船是500英尺长的黄铜色的空中战舰，闪亮的舰体上升起的是层层的平台和炮塔。虽然整个战舰布满了最先进的武器，但是遇到装备以太盾的恐惧之鹰却显得不堪一击了。

对阿拉贝拉来说，亲眼目睹英国的骄傲这么轻易被打败，就像寻常的战利品一样，被放在野蛮的海盗王奥丁的脚下，这完全是一件耻辱的事情。就好像看到了豺狼嘴里叼着狮子，自然规则似乎完全逆反了。然而雪上加霜的是，她知道自己对这场灾难负有一定的责任。

她转过身对着本，双眼噙泪，全身颤抖着小声说："我们来得太迟了。"

但本十分冷静，阿拉贝拉觉得很惊讶，也受到了一点影响。然后，她又想起他唯一的目标只是从地牢逃生而已，又怎么会关心那些被抓的舰队和舰员的命运呢？

她满怀敬畏和沮丧地抬起头，看着被捕获的旗舰掠过塔拉尼斯的身影。荷鲁斯率领这群"恐惧之鹰"以及它们捕获的战舰,朝着城市顶部一块空旷的地方飞去,那里正好是奥丁宫殿的前方。这些战机以完美的队形朝着顶部往上飞。她看到这些战机腹部洞里面悬挂着一些绳子,塔拉尼斯的强盗们肯定是沿着这些绳子爬下来,登上了空中舰队的战舰。从她所站的地方,恰巧也能看见被捕获的战舰上面的舰员,正在小船的甲板上排成队,强行登舰的强盗们正用枪对着他们。

在空中总督看来,这是一次完美的行动。在这次重大胜利之后,他就可以宣称自己是世界上举足轻重的人物了,即使是最强大的军事力量都很惧怕他。阿拉贝拉不敢想象,奥丁会向英国要多少赎金,来赎回所有的这些舰队和舰员。

恐惧之鹰拍打着巨大的双翼,最终到达了塔拉尼斯的顶部。荷鲁斯排在中间,所有的二十一架战机盘旋在宫殿广场的上空,准备降落。观看的人群欢呼着,云团闪着银光,钢制的羽翼也闪烁着。奥丁、贝恩和其他人一起抬头看着,阿拉贝拉可以想象得出他们那得意扬扬的笑。

她被无助感攫住了,转过身对本说:"我们必须得做点什么。"

本看着这个场景,就好像观众在看气球比赛一般,脸上浮现出一个诡异的微笑。"看看接下来会发生什么。"

她回过头,刚好看见恐惧之鹰开始降落。

就在那时,突然,荷鲁斯爆炸了。

第三十二章　战斗

这一切都结束得太快了，阿拉贝拉过了好几秒才反应过来发生了什么。上一秒，那只邪恶威严的巨鸟，还在朝着它的老巢飞去，爪子紧紧抓着猎物——下一秒，火光乍现，爆炸声起，它就已经变成了一团黑黄色的巨大火球，不断地向外翻滚着。当硝烟散去，荷鲁斯已经不复存在了。

这时的"尼尔森"号，失去了支撑，气囊又被海盗们装满了气，突然倾斜着向下降。下面观看的人群，惊得倒抽冷气，纷纷尖叫起来。当巡洋舰那巨型的铜质舰体坠落在广场上的时候，奥丁和贝恩也被迫跟其他人一起朝着四散逃开。

"尼尔森"号上的英国舰员，对这个新情况的反应，似乎比看守他们的海盗要快。当塔拉尼斯人还处在震惊中的时候，他们却全体朝他们跑去，把他们从战舰的甲板上推下去。英国的士兵们从战舰里蜂拥而出，在奥丁宫殿的前面与海盗们展开了肉搏战。阿拉贝拉看呆了，因难以置信的兴奋和高兴而颤抖起来。其他二十架"恐惧之鹰"把战利品放到地上的时候，每一艘战舰的甲板上都爆发了相似的战斗。

"这实在是太惊人了！太神奇了！"她抱着迈尔斯亲了亲，叫喊道。迈尔斯的大脑，这时正尝试着处理这个新的信息，他的小烟囱比蒸汽火车模型喷出的气体还要快。

"女士，的确如此。这是最鼓舞人心的进展了，但是我想知道这是怎么发生……"

他们俩都向本看去，他的脸上还挂着神秘的微笑。

"你肯定早就知道！"阿拉贝拉质问他。她把一切线索连到一起，皱着眉头，"你在做那个盾的时候，就一定把炸弹安在了荷鲁斯的内部。"

"你说得完全正确，"本说，"以太盾是用来转移外部的火力，但是它对内部爆炸的炸弹无能为力。"

"你为什么要这么做呢？"阿拉贝拉盘问道，"我以为那些海盗是你的贵客。"

本摇了摇头："你不只是一名飞行马术团的表演者，我也不只是一名商人。"然后他又重重地说，"而且我做这些也绝不是为了钱。"

"我们第一次见面的时候，你可不是这么跟我说的。"阿拉贝拉说。

"那会儿我必须得告诉你一些说得通的事情,"他说,"商人的故事之所以有用,就是因为每个人都可以理解。我偷方程式的真正原因——呃,很难解释。"

"你试试解释看!"阿拉贝拉激励他。

在他们的上方,战斗已经全面展开。枪炮声还有爆炸声不绝于耳。但阿拉贝拉却突然对站在她面前的这个年轻人更感兴趣。

"你可能在间谍圈听说过我,"本说,"我的代号是Z。"

"你——你是!"阿拉贝拉惊得吸了口气,"你是Z特工!"

"你以为是个年纪更大点的,是吧?"本翻了翻白眼,"啧啧,我就知道,每个人都那样想。不过他们忘了一点,Z特工才刚刚活动几年而已。我十六岁的时候开始做特工——那个时候技术是有点生疏的,当然了……"

"这真是难以置信啊!"阿拉贝拉说,此时她希望自己听起来不那么像学校里面那种过分热情的学生。但在她的世界里,Z特工就是一个传奇人物,亲自见到传奇本人的时候,是很难控制住自己的行为的。"您的情报质量……"她结巴着说,"我们都认为Z特工是一名反对拿破仑的法国高层政治家或者是将军。"

"嗯,我一直都有这种本事……能够出现在合适的地方,"本说,"然后我这个人比较好相处,所以他们都信任我——不过女士,你是一个值得注意的例外!总之,在过去的两年里,我都能在你提到的高层政治家或者是将军们的家里、办公室里找到位置。而且他们中的有些人喜欢跟我聊天,所以我可以掌握到一些重要的情报,然后提供给你们政府的接头人。"

当她听到他解释自己身份的时候,她的第一反应竟然是,如果她告诉戴安娜的话,她得有多么嫉妒,想到这里她就高兴。这让阿拉贝拉觉得羞愧。接下来的反应就是,对以前她曾对他说过的粗鲁的话感到很尴尬。然后就是感到困惑了。

"但是如果你是Z特工的话,"她问,"那你为什么要从我这里偷走以太盾的方程式呢?"

听到这话,他脸上的笑容消失了。阿拉贝拉意识到,这是她第一次面对真实的本·福雷斯特。

"因为我不想威力如此巨大的武器落入英国人的手中,"他告诉她,"一旦装备了那样的武器,你们英国人就会所向披靡,无往不胜。那你们很快就会想把之前的美国殖民地争夺回来了。"

"但是你似乎不介意法国人拥有这样的武器!"感觉到他蔑视自己的国家,阿拉贝拉有些愠怒地说。

"自从法国人发明了这样的武器,我就没法阻止了。"本说,"反正,法兰西帝国也是将死之躯。民族主义者们正在公开叛乱。这个武器是他们最后孤注一掷的赌注了。等到巴黎落入反拿破仑者们的手中,我希望这项科技也会随之消失,永远消失。"

"那你为什么要把它卖给奥丁?"

"我是用它做诱饵,让奥丁信任我,这样的话我就能够一举击败他。而事情的进展也确实如我所料。"

阿拉贝拉默默点点头,尽量理解本跟她说的事情。她之前对他的评价是多么不对呀!事实上,从他到这里的那一刻开始,他就一直在为击败奥丁而静静地设局。他就像她小时候读过的探险小说里面的英雄一样勇敢——但是他却从始至终假装自己是完全相反的人。不知道他会不会原谅她之前对他说过的那些话?

尽管她渴望能够得到他的宽恕,并且希望有一天能够成为他的朋友,但是现在已经没有时间来问他这些了。她的目光回到战场上,她看到英国的战线未能突破宫殿广场,有些士兵还被迫退向后面的战舰。

"我觉得单凭他们拿不下塔拉尼斯,"阿拉贝拉说,"他们兵力不够,炮火也不足。我们得帮帮他们。"

"那我们三个人能做什么呢?"本问她。

"摧毁云团,"阿拉贝拉说,"我知道云团工厂在哪里。"

"好主意!"本说——又或者是Z特工说,现在她得要这么去看他了。(她提出了一个他也赞同的计划,这让她小兴奋了一下)"我们可以把塔拉尼斯的斗篷撕掉,把它变成你们皇家空军舰队的死靶子。"

说完,他们朝着平台远处的出口跑去。

几分钟之后,他们就走在许多看起来一模一样的走廊上了,这个城市的内部就是由这些走廊建成的。

"我想知道现在我们在哪里了。"阿拉贝拉说。

"女士,我们在第三十四层。"迈尔斯说。

"他是怎么知道的?"本折服了。

"我不知道,"阿拉贝拉说,"但是他还是很了不起的,对吧?"

迈尔斯缄默不语,只是指了指他们刚刚路过的墙上面的标识。标识上面写着——"第三十四层"。

第三十三章　满腹恨意的姑娘

位于第二层的云团工厂没有守卫，奇怪的是，工作场所也无人监管。大铜缸喷出云雾咝咝作响。

"他们一定把每个人都拉去参加城市上面的战斗了。"本在背着迈尔斯爬了三十二层楼之后，气喘吁吁地说。

迈尔斯一打开门，阿拉贝拉就小心翼翼地进入了工厂内部，这时候她还怀疑会有伏兵。当确认没有守卫的时候，她带着两人走到了第一个铜缸边。绕着这个铜缸走了一圈，她在气缸巨大的凸背底部，看到一个小小的四轮辐的金属轮子。

"你觉得这是什么啊？"她问道。

本看了看说："我猜，这是控制从缸里出来的化学物质流量的阀门。"

"那要是我们把所有铜缸上面的阀门打开，化学物质就不能进入到那个大的云泵里了。"阿拉贝拉提议道。她指了指一个巨大的倒锥形柱子。这柱子就在房间的尽头，从铜缸的前端伸出的进料管就伸到那里，"那样的话，应该可以让云团消失。"

"女士，您的计划可能有效，"迈尔斯说，"但是我们不知道云团要多长时间才能消失。并且塔拉尼斯人很有可能回来，然后……"

"……然后把这些阀门调整到之前的位置，"本接着说，"小伙计，你说得对。我们得想办法破坏得……更彻底一点！"

他看了一圈，目光马上落在了挂在墙上的消防斧上。他大步走过去，把它从基座上拿出来，用手举着。"完美。"他柔声低语。然后，他走到一根将铜缸中的化学物质输送到云泵的厚橡胶管旁边，双手握紧消防斧对准管子，高高举过头顶。

就在他马上要重重砸下斧子的时候，有个女人从他们身后尖叫起来："不许动！"

他们慌忙转过身，以为会看见守卫。结果，阿拉贝拉震惊地看见玛丽·达盖尔一个人正站在工厂入口的边上，手里拿着枪指着本。

"玛丽？"阿拉贝拉皱着眉头叫起来。

"把斧子放下！"玛丽对本喊道。

他把斧子放到地上。

"现在离开那根管子。"

本照做了。

玛丽转了转肩膀，现在枪口对着的就是阿拉贝拉和迈尔斯了："你们两个，也离开那个铜缸。离我近点。"

他们也照做了。

"够了，"玛丽厉声说道，"不要再走近了。"

"玛丽，发生什么事了？"阿拉贝拉问她，"我认为我们是朋友啊。"

玛丽盯着她，阿拉贝拉这才发现这个女孩儿的眼中蓄满了泪水。"亲爱的，是的，我想要成为你的朋友。但是我不能让你破坏这些机器。"

"我不明白，"阿拉贝拉说，"我以为你跟我一样，都恨塔拉尼斯人。"

"我的确恨他们，"玛丽抽泣着说，她从握着枪的双手中抽出一只来擦了擦眼泪，"但是我更恨英国人，因为他们杀了……他们杀了我的父母。在你们的英国皇家舰队里，有一个残忍的人——名叫艾伦森——在我只有六岁的时候，他当着我的面，折磨我的父母，还杀了他们。自从那个时候开始，我就恨英国人。"说到这，她对阿拉贝拉怒目而视，脸上充满了恨意，"所以我希望法国对英国的进攻能成功，让英国人也尝尝拿破仑的愤怒。就跟我受苦一样，我想要你的国家也罹难。"

她咽了咽口水，似乎平静了点："当你告诉我，皇家空军舰队的旗舰即将穿过英吉利海峡的时候，我就知道它只有一个目的，那就是摧毁我们进攻的舰队！我很高兴空中总督计划要捕获旗舰。有时候，甚至是恶魔也能干点好事！但是，后来你告诉我想要阻止他，我不能让你那样做。所以我得设下一个陷阱。我告诉你了云团工厂的事，再跟科莫多斯·贝恩告密，说你们计划要强行闯入云团工厂。"

这时，玛丽接着用憎恨的口气说，她扭曲的脸上只剩下愤怒："他告诉我想要把你关起来，但空中总督坏了他的事。因为，福雷斯特先生需要你帮忙去做以太盾。但是我告诉他那是假的。我知道那是谎言，因为我偷听到了福雷斯特先生告诉你的小机器人，他有多么钦佩你，他会想尽一切办法去救你，甚至假装你是以太盾制作方面的专家。而我告诉贝恩这些都是因为我想阻止你！"

当阿拉贝拉听到这些的时候，脸红了。本·福雷斯特竟然说他钦佩自己！而自己之前却谴责他的背叛，原来那些都是玛丽干的！她望着他，默默地做了个嘴形说对不起。本点点头，低下了头。

"那你为什么还要给我送水?"阿拉贝拉问她,"为什么要重组迈尔斯?"

玛丽叹了口气。这时尽管她的双眼还闪着泪花,但是脸上的怒容已经慢慢褪去。"我恨你的国家。但是阿拉贝拉,我发现我对你恨不起来。第一次见到你的时候,我能看出来你有多饿,但是你还是把你的食物给了我。在贝恩抓住你之后,想起了这些,我觉得……很内疚。后来,当我看到他对你的折磨,这才意识到你是多么勇敢,那时候我就觉得更内疚了。你是一个好人,但你仅仅是一个人而已,我不能因为我对你的……私人感情而影响到我的是非之心。你的国家犯下的罪行,不只是针对我,还有我的许多同胞。你一个人的仁慈没法弥补这所有的罪行。我很高兴奥丁抓住了英国的突击部队,法国的进攻舰队现在就安全了。我觉得自己已经尽到了自己的职责。但如果你摧毁云团的话,皇家空军舰队就会营救出突击部队,那它会继续执行自己的任务,那我所有的谋划就一文不值了。"

说完,玛丽的手紧扣扳机。

"我的朋友,你现在必须勇敢一点。"

"你要干什么啊?"阿拉贝拉倒吸一口冷气。

"我不会再把你交给贝恩了,"玛丽开始啜泣着说,"但是我也不能让你离开这儿,否则的话,你会毁了一切……我——我会给你们三个来个痛快。"

"玛丽，你听我说，"阿拉贝拉尽力保持冷静，"我们谈谈好吗？"

"没什么可谈的。我们本可以成为朋友，最后却发现我们是敌人。对不起。"

她说话的时候，双眼紧盯着阿拉贝拉，而本却偷偷地靠近阿拉贝拉。

"不许动！"她尖叫了一声，扣动了扳机。一声巨响，本的手臂上溅出血来。他紧按着手肘上面的衣袖，跟跟跄跄，叫出声来。

这时候，玛丽的眼神干涸渺小，就好像是充满恨意的小珠子。"我会让一切很快结束的，"她怒吼道，"只要给你们两个头上一人一枪，机器人的逻辑电路一枪。但你们要是再耍什么把戏，我就会朝你们的肺或者是胃打，这样死去的过程会很慢，很痛苦……先生，你先来吧。"她举起枪对准本的额头。在这个时候，本全身是汗，艰难地呼吸着。他紧闭双唇，一只手压紧自己的手臂。

阿拉贝拉惊慌地看着玛丽扣扳机的手指关节，因为用力而发白了。

就在那时，一切都不受控制了。

第三十四章 起义

就在那一瞬间,响起了一声巨大的爆炸声,房间摇晃起来。石膏粉就像细雪一样从天花板上落下来。玛丽被甩到了地上,阿拉贝拉跑过去压着她,抢过她手上的枪。这时,十几个穿着囚服的瘦小身影冲进了云团工厂。"塔拉尼斯暴君必亡!"其中一个叫喊着。"革命必胜!"另一个人喊着口号,所有人都兴奋地齐声喊着口号。有几个手上拿着枪,举过头顶继续射击。一时间,空气中枪声大作,更多的石膏粉和木屑掉了下来。

阿拉贝拉终于从玛丽手中把枪夺了下来。阿拉贝拉对离得最近的囚犯们说:"毁掉机器!"然后用玛丽的枪对着其中的一个铜缸射击。弹孔里喷出一小股黄色的浓烟。这就是革命分子一直等待着的号召暴力行动的简单明了的信号。他们呼喊着战斗口号，攻击制云设备。起义者们带着对他们前主人的怨恨开枪射击，野蛮凶残地挥舞着斧头和铁棒。很快，整个房间里到处都是高压喷射而出的紫色、绿色、蓝色、红色、黄色和奶白色的气体。它们从破裂的管道和容器里倾泻而出互相融合在一起。

阿拉贝拉没有在噪声和混乱中听见打死玛丽的枪声。她是随后才发现其娇小瘦弱的身躯，双目无神地盯着天花板，躺在血泊中。原来这个女孩儿还有一把枪——她手里现在握着一把小手枪——她就是用这把枪自杀的。这时阿拉贝拉回想起之前的那个夜晚，玛丽就像是一位天使一样出现在自己的牢房里。她曾经救过自己的命，而且在人生最黑暗的时候给了她新的希望。如果时间再多一点，她可能有方法唤醒玛丽·达盖尔身上善良的一面。阿拉贝拉跪下来，为她合上了眼睛。

"你能帮我一下吗？"本在叫她。

阿拉贝拉抬起头看他。这会儿，他正靠在一台破损的机器上，全身大汗淋漓。很显然伤口很疼。他从自己的蓝色衬衫边上撕了一小块布，正尝试着单手包扎手臂上那鲜血淋淋的伤口，不过有点困难。

她走过去帮他："是不是很疼啊？"

"没事儿，"他咬紧了牙在说谎，"就是子弹擦伤而已，没事。"他朝着那些还在呐喊着射击机器的穿蓝色囚服的起义者点点头,"这次小叛乱,如果扩大的话,就有可能会扭转上面战斗的局势——一旦云团消失,奥丁和他的同伙们就肯定玩完了。"

"希望你的分析是对的,"阿拉贝拉一边打紧临时绷带上的结,一边说,"我们得上去,到宫殿广场看一看能不能帮上忙。"

"好的,"本说,"迈尔斯,老伙计啊,一起走吧。"

在外面的走廊上,他们听到城市的其他地方传来了尖叫和枪声的回音——这是囚犯起义蔓延开来的明显标志。他们一级一级地朝着塔拉尼斯的顶部慢慢往上爬——先是从楼梯爬到平台上,然后走过更多的走廊,再爬更多的楼梯和更多的平台,如此往复。他们离奥丁宫殿所在的中心顶端越来越近。每次他们到达一个平台,就会满怀希望地看向云墙,但是每次都失望地发现,云墙还是毫无变化。实际上,走廊是最危险的地方——有好几次,当整队的穿灰色制服的武装守卫们跑过的时候,他们都不得不躲进房间和凹槽处。这些守卫要么是准备去宫殿广场参加战斗,要么是赶往城市中的某个新的囚犯起义的地方。

本扛着迈尔斯爬楼梯,由于伤口实在太疼了,所以机器人就只能自己爬了,不过有时候阿拉贝拉也会扛他。但是不管怎样，他们都爬得很慢。等到他们终于爬完最后一级阶梯，到达宽阔的宫殿广场旁边时，眼前是一番完全不同的景象。

阿拉贝拉、迈尔斯还有本躲在一艘装甲战舰的残骸后面，观察着战局。塔拉尼斯人已经把皇家空军舰队的士兵们逼回了他们自己的战舰，团团包围起来。这些英国士兵看起来很显眼。他们戴着黑色帽子，穿着红色短上衣，分成小队聚集在每一架击落的战机旁边，周围是无数的塔拉尼斯人。这些塔拉尼斯人中既有穿灰色制服的武装士兵，也有挥舞着自制武器的普通民众。恐惧之鹰战机则从空中俯冲而下，越过蓝色硝烟的薄雾，张开嘴对着被包围的英国军队喷火。阿拉贝拉看到有一架战机，被甲板上配备大炮的士兵击落了，但这实在是太罕见了。英国军队在人数和火力上都不如塔拉尼斯人，所以他们的失败只不过是时间问题。但没有一个舰员愿意投降——这变成了一场持久战，一场至死方休的血战。

"小伙子们，要坚强！"阿拉贝拉低声说。

炮火声、枪齐射的声音、受伤的和正在死去的士兵的呻吟声，不断刺激着她的耳朵。火药和鲜血的刺鼻恶臭味，令她作呕。但是现在她不想去其他任何地方。

"你们！从那出来！"一个严厉的塔拉尼斯军士，站在已经烧光了的战舰上面盯着他们怒吼道，他们就躲在战舰的后面。军士握着一挺大型机关枪对着他们，三人别无选择只能服从他的命令。等他们现身之后，这才发现，他们已经被十五个穿灰色制服的守卫团团包围了。

"是那个美国商人，"其中一个突然咧嘴笑着，"就是那个炸掉荷鲁斯的人。"

"还有那个英国间谍跟她的锡人。"

"你们可遇到大——大麻烦了！"另一个守卫用手指划过骨瘦如柴的脖子得意地笑道。

"抓到这些人，我们就有望授勋升职了，"那个军士兴高采烈地跟他的士兵们说，"我们要做的就是把他们安全地带到宫殿。"

很快，阿拉贝拉、迈尔斯还有本，发现自己被十五把步枪逼着，朝着广场那边的宫殿走去。

"快点，锡人！跟上！"一个脸上长疙瘩的年轻士兵，踢着迈尔斯的脚后跟叫道。

"巧的是，我的主要组件是黄铜，"迈尔斯被绊了一下，重新站起后说道，"而黄铜是铜和锌的合金，所以我身体里没有锡。"

"闭嘴！"那个士兵用枪托打迈尔斯的头叫道。

阿拉贝拉回头，担心地看看自己会思考的朋友。他踉跄了一下又差点摔倒，不过很快就调整好了。

当他们离目的地越来越近的时候，阿拉贝拉免不了仔细地观察奥丁的宫殿，最后总结出来这是她见过的最丑的房子之一了。很明显，空中总督原先想要的是宏伟的建筑，但有太多高高的塔楼，那陡峭的小屋顶上有细长的尖刺。还有太多又小又窄的窗户，十分荒谬的楣梁装饰。在她看来，这既自命不凡又粗俗不已。更可笑的是，整个房子好像要下沉了。因为整栋砖石大厦是在原先的基础上建起来的，而原来大部分又都是木质结构，所以连重量都支撑不住了。结果就是，宫殿看起来明显不平衡，西边比其他地方都要低好几码。

本肯定看到了她脸上憎恶的表情。"你等会儿看看里面。"他轻声对她说。

第三十五章　正殿

　　空中总督的正殿坐落在宫殿的最高处，就好像他知道自己的住所正在下沉，所以他把最重要的房间建在了最高处。

　　当阿拉贝拉走进正殿时，才认出了之前神奇的西洋镜展示中的房间。但是迈尔斯展示在她牢房墙上的那个摇曳的形象，并没有如实地体现出它惊人的面积。正殿占据了一整层，高度比她之前在塔拉尼斯上见过的大房间包括云团工厂，都要高出两倍多。飞船系留塔那么高的圆柱子每隔一定间隔，撑着高高的悬梁托臂屋顶。一面墙上有个很大的壁炉，足够容纳阿拉贝拉前一晚待过的那个牢房。

　　但是正殿大得离谱的面积并不是毫无意义的，这还是一个俗气的朝拜某人的圣地：墙、天花板或者圆柱每一处空白的表面，都有奥丁脸的绘画或者是浮雕，每一个凹槽里都放着他的半身塑像或真人大小的塑像。正殿后面的高台上，整个端墙上就是一幅空中总督硕大的壁画。他坐在装甲战舰的舰头，一副耀武扬威的样子。战舰巨大的舷侧显示着，这是一艘法国的"狙击"号。阿拉贝拉从来都没见过如此无耻的个人崇拜。不过让她觉得搞笑也警觉的是，许多的墙上、圆柱上，还有美术品上都有深深的裂缝，整间房子明显是倾斜的。整座宫殿就像尼禄大帝的黄金屋一样，既沉浸在自我陶醉中，同时又是大难临头。

他自己那6英尺6英寸高的身躯，此刻正站在一扇窗户旁，观察着下面广场的战斗情况。他站着一动不动，乍看上去还以为是雕像。然后，他转过头看着他们。这个海盗王体形魁梧，肌肉发达，留着长鬈发，穿着既华丽而又脏兮兮的战衣。跟之前一样，只要跟他冰冷的眼神对视一眼，看到他嘴边挂着的残酷的冷笑，就足够提醒阿拉贝拉这个人并不是什么浪漫的英雄。

当他站在那看着他们的时候，阿拉贝拉想起来，玛丽的枪就藏在自己囚服的一只深口袋里。现在周围至少有二十个武装守卫，再加上刚才押他们过来的十五个。所以，在自己被射杀之前，她只有一次机会可以打死他——不过，如果她成功地用一发子弹干掉他，那就很有可能摧毁塔拉尼斯人的意志，结束广场上的屠杀，并且拯救宙斯行动——只要一枪就够了！但是她敢吗？她以前从来没有杀过人，仅仅是这么冷血地想想,她就已经害怕了,觉得恶心。然而在这种情况下,又似乎值得去赌一把。奥丁身穿厚厚的盔甲,只能朝他的头部开枪,那就意味着她得离得近一点儿才能确保能击中他。

奥丁对着阿拉贝拉笑了笑,嘲笑般地深深鞠了一躬。"女士——这真是大惊喜啊。伟大的科学家,马戏团的飞行表演者,结果这两个身份都不是,你就是一个普通的间谍而已。我都要失望了!"他撇着嘴轻蔑地说。

"还有你!"他对着本摇摇头,"美国人,你之前在耍花招啊。不过,我不介意承认,今天早上有那么一个小时,我是害怕的。"说着,他指了指窗户下面的场景,"不过现在你也看到了,我们的人数优势和火力优势已经很明显了。所以不管你再怎么挣扎,我们都会赢得今天的胜利。"

"为了救出'尼尔森'号,你们两个都玩了把戏。但是,你们从来没问问自己,我为什么要逮住它。这么多年来,靠着劫持那些防御薄弱的货船,我过着体面的生活,我的子民生活富裕。船上堆满了各种各样任何一个诚实的海盗想要得到的食物和珠宝。那我为什么要设法去捕获一艘重装的战舰,上面既没有食物也没有金钱,还要引起一个国家的愤怒呢?这到底是为什么?你们曾经想过吗?有没有人曾经想到,可能我看中的并不是这艘舰本身或者是它的货物,而是某位舰员呢?"

奥丁接着查看窗户外的战况。"'尼尔森'号的舰长，恰巧就是那个逼我来这的那个人，"他静静地说，"艾伦森船长残暴不已，钟情于对敌人造成痛苦的艺术。跟他相比，挚爱的贝恩博士就像是乡村牧师那么善良。他才是我想要抓的人，我要以其人之道还治其人之身，只不过要更慢一点，更有耐心一点地折磨他。"

他暗自发笑："不过我年轻的朋友们，多亏了你们的努力，他现在还在外面，很有可能就躲在那艘黄色的小船里面，而他的手下为了保护他拼死一战。为了这么一个毫无价值的人，从未牺牲过如此多的人。"

他又转向了本，不过脸上没有一丝笑容。"福雷斯特先生，你利用买卖来骗我，把我当成一个傻子……没有人可以那么做，还能活着。"说完，他对站在旁边的守卫轻声说了什么，守卫便大步离开了。

过了一会儿，大厅里似乎弥漫着一股寒气。阿拉贝拉头皮一阵发麻，她还没有转过身就知道是谁来了。他——那个注定在她余生梦魇中反复出现的人，站在那里，站在入口处，穿着斗篷，戴着大礼帽，身影瘦削。

科莫多斯·贝恩在自己随从的陪同下，大步走进正殿。阿拉贝拉看到了，那个两次折磨她的身形魁梧的秃头守卫。

守卫们抬着一张看起来很恐怖的铁桌子,这张桌子配有手铐和脚镣。他们把它放在了正殿宽阔大厅的中间。

"那个美国人毁了我美丽的荷鲁斯,"奥丁对他说,他双颊颤抖着,掩饰着声音里的平静,"我曾经信任他,他却背叛了我的信任。贝恩博士,你知道该怎么做。"

科莫多斯·贝恩一动不动,手搭在背后,头微微地向前伸。他那戴着黑色镜片护目镜的眼睛,死死地盯着本,冷冷地计划着,就好像是一只狼蛛在估计猎物的大小。

"请把他给我带过来。"贝恩礼貌且很有教养地说。

两个守卫粗暴地把本推到了桌子上,给他的手腕和脚踝上了铐。阿拉贝拉非常担心他,不过本看起来还够勇敢。

在广场炮火的"咔咔"声和"啪啪"声之下,她听到了拷问者那汽驱手臂发出的静静的嗞嗞声。根据她以往的经验,这个声音停下时,才是你真正需要担心的时候。

然后,这声音停了……

他斗篷的褶皱下面伸出了那条金属手臂,还有食指。就好像是提前安排好的一样,其中的一个守卫点燃了气炬,举到贝恩手臂的位置,蓝色的火焰烤着他的食指。

除了贝恩本人,阿拉贝拉还有正殿中的每一个人都在盯着他的手指。直到看着它慢慢地变成粉红色,然后变成玫瑰色,最后变成橘黄色。

直到贝恩满意了,他才对守卫点头示意。火焰撤去了,这位拷问者朝着桌子走去。他看着本说:"请把嘴巴张开。"

阿拉贝拉听到这儿,内心涌起一阵寒意。

"快点,不要害羞啊,"贝恩哄骗着说,"年轻人,你这张嘴让你很优秀啊!它为你赢得了空中总督的信任。我可以向你保证,这可是不容易的壮举!因为我知道他到现在还不信任我。"

他的这个说法引发了正殿中一阵紧张的笑声。

"没人想要信任我!尤其是因为某种原因被火给围着的时候。"

人们笑得更厉害了。

但是本还是紧闭着嘴。

这时候,贝恩似乎有点不耐烦了,他对那个高大的光头守卫点点头。守卫就朝着桌子走去,把大手放到了本的脸的下方,然后掰开了他的嘴。

科莫多斯·贝恩就像牙医一样,弯着腰,盯着本的嘴。他那只烧红了的冒着烟的手指,现在还高举着,慢慢挪向他的脸。

"那,"贝恩嘀咕道,"让我们看看,能对你这个销售员的三寸不烂之舌做点什么,来保证它再也说不了谎……"

当滚烫的手指靠近他的嘴巴时,阿拉贝拉看到本睁大了眼睛,流泪了。她不能让这发生在自己的朋友、自己的英雄——Z特工身上!她必须得做点什么!

所以她瞄了一眼正站在自己身旁的吉祥物迈尔斯。他正焦急地喷着汽，因为所有涌向大脑的额外计算而眼神涣散。很明显，他也无力救她的朋友。

所有人都盯着桌子上的那一幕。没人注意到，阿拉贝拉在口袋里摸索着找她的枪。她拔出来，瞄准贝恩的背心。那时，贝恩危险的手指离本的嘴就1英寸了。她看到自己的枪口抖动着，希望可以正中目标。

第三十六章　喷火的鸟

阿拉贝拉开枪了。贝恩一阵踉跄，紫色的血从左肩膀的斗篷的一个洞里汩汩地冒出来。他发出了一声细细的尖叫，就像是一壶开水烧开的声音，然后跪倒在地，紧紧抓住伤口。

"杀了她！"奥丁咆哮着。一圈守卫马上把她包围了，枪口一致对着她。

阿拉贝拉闭上了双眼。在等死的时候，爸爸那静静微笑着的形象，出现在她的脑海里。

所有的枪立刻响了起来，啪啪声和巨响声此起彼伏，她的头都被炸晕了。她瘫倒在地，但奇怪的是竟然没感觉到任何痛苦。反而是耳朵里充斥着令人惊讶的呐喊和哭号。

她慢慢睁开眼，看到了惊人的一幕：那圈守卫都倒在了地上,死的死,伤的伤。穿着蓝色囚服的人愤怒地冲进了正殿。正殿前面的高台上,穿灰色制服的守卫在那里列队。空中总督就藏在这排身体盾墙的后面,一点也不像他身后壁画上那雄赳赳的样子。守卫们朝那些冲进来的囚犯开枪,击倒了五六个。但是,更多的人还在往里冲。

在正殿中间距离交火非常近的地方,本还被危险地绑在铁桌子上,用劲拽着手铐和脚镣。科莫多斯·贝恩不知道跑哪里去了。阿拉贝拉朝他跑去,近距离地对着手铐和脚镣打了两枪,放开了他。本立即爬起来,把她拉到桌子的后面,周围的子弹嗖嗖地飞过。

"贝恩去哪了?"她喊道。本指了指一个穿斗篷的身影。他正从凹槽处一尊奥丁半身像后的一条隐蔽的门道撤退。他们看着他消失在旋转楼梯的上面。

"他要到屋顶上去。"阿拉贝拉说。

在高台旁,越来越多的塔拉尼斯守卫赶来保卫他们的首领。但是广场上的情况却与之相反。他们似乎与不断增多的起义军进行殊死一战。

"谢谢你救了我的舌头!"本对着阿拉贝拉咧着嘴笑。

她很快回应地笑了笑:"我可不能看着这么有魅力的舌头被毁掉啊。"

"那从现在开始,我得好好利用它来给你唱赞歌。"本说。

听到他说这个，阿拉贝拉脸红了。她瞥了他一眼，这时正好有一束阳光照在他的脸上，那深沉的黑色眼眸熠熠生辉。

阳光？

他们齐刷刷朝窗户望去，然后惊得抽了一口冷气。远处那浓厚的云墙正在裂成碎片。蓝色的天空和阳光正从裂缝处显现出来。她的内心涌起一阵喜悦，一股意想不到的冲动袭来，她抱住了他。阿拉贝拉感觉到本也抱住了自己。有些许时候，这场战斗——实际上还有她身边整个疲惫而复杂的世界——似乎都消失了。在他的怀里，感觉……真的太美好了，就好像是飞到了云岸之上，看到了全新的风景。她想接着探索，但是又像个孩子一般，患得患失，不敢确定。她面对很多事情都很勇敢，可是现在她害怕了，比什么都要害怕，害怕自己的感觉，害怕这种感觉会如何发展。

突然，头顶上一声巨响，把他们从这个奇怪的美好感觉中震了出来。头上的屋顶，破了一个大洞，破梁和断椽砸到了地上。阿拉贝拉的第一反应是这宫殿要塌了——然后她马上就看到了一架恐惧之鹰战机，从那个洞里飞了进来。这架战机比荷鲁斯小得多，翼幅还不到15码。但从头上的屋顶直接撞进来，仍然是个可怕的庞然大物了。战机就像是黑色的裹尸布一样，短暂地徘徊在下面这群交战的人上方。双方因为它的震撼登场，都吓得暂时停了火。

一千根钢制羽毛,在阳光下模糊地闪着光。当战机滑翔而下时,它刺破了外面被瓦解的云,然后停到了高台的边上。它张开鹰钩状的嘴,可以看到里面有黑色细长的舌头,绕着粉色的火焰,就好像是一根棍子上面绕满了蛇。突然,它的嘴里喷出一股大火,直接扑向起义的人群。许多人被火吞噬了,尖叫声四起。离他们最近的人脱掉衣服,想要扑灭他们同伴身上的火焰。但在这时,战机把头转向右边,然后又转向左边,喷出更多黄色的烈火,覆盖了整个人群。

更多的人着了火,他们发出痛苦可怕的尖叫声。就在起义的人群在混乱中往后退的时候,战机头部上半部分,包括那张鹰钩状的嘴,在头部后面的铰链处打开了。科莫多斯·贝恩就坐在战机的机头里,他正操控着战机和配备火焰喷射器的舌头。他的身体可能因为受伤疼痛而歪向一边。守卫们帮着空中总督奥丁坐到贝恩后面的乘客座位上,然后闭合了机头。在大家还没反应过来之前,战机就拍打着翅膀起飞了,从屋顶的洞中腾空而去。

阿拉贝拉走向那些受伤的人,想要看看能不能帮上忙。有些人严重烧伤了,他们在乞求帮忙。她蹲在一个腿严重烧伤的呻吟的人旁边,本正慢慢地把一桶水浇在他的伤口上。就在阿拉贝拉正想说点什么来安慰他的时候,迈尔斯朝她走了过来。

"女士。"

"迈尔斯,什么事?"

"有人想要见你——是个叫萨莉的年轻女孩。"

阿拉贝拉抬起头看到了那个栗色头发的女孩。在前一天下午,她还短暂地假扮过她,但这竟然好像已经是陈年往事了!

"女士,很抱歉打扰你,"女孩说,"刚才,几个起义者闯进了奥丁宫殿下面的库房,解开了两架蒸汽飞机。他们已经给飞机加了油,现在就停放在宫殿广场上。我觉得其中有一架是你的。在别人用它逃跑之前,你可能想要去认领它。"

听完后,阿拉贝拉一下子跳了起来。"哦,是我亲爱的'科曼奇王子'号!"她喊道。

本抬头说:"我想另外一架肯定是我的了。"

他们看着对方。阿拉贝拉从他脸上的表情可以看出来,他就跟自己一样,因为不想错过这次逃跑的机会而焦急不已,但是又不忍心离开那个可怜的受伤的人。

"你们必须去认领你们的飞机,否则的话就会丢掉的。"萨莉说,"我会用桶接着浇他的伤口。"说完,她崇敬地看了一眼本,"我听说,是你炸掉了荷鲁斯。"然后,又看着阿拉贝拉,接着说,"女士,是你,在云团工厂领导了袭击。我得说你们两个今天早上已经做得够多了!"

阿拉贝拉把玛丽之前给她的烫伤膏交给了她："这个对烧伤有用。"

"你这么说是有经验的，"萨莉看着她手臂上的伤疤说，然后难过地对她笑了笑，"现在就走吧，祝你好运！"

第三十七章　告别

当阿拉贝拉、迈尔斯还有本到宫殿广场的时候,广场已经沐浴在灿烂的阳光下了。现在云幕已经完全散去。朝着城市边缘慢慢倾斜的无数平台、小道,还有花园,在阳光的照射下金光闪闪。空中之城从来没有这么迷人过,这真是讽刺。

广场上的战斗,已经明显对塔拉尼斯人不利了。这些身穿灰色制服的军队,发现自己已经被包围了。一大群穿蓝色衣服的囚犯堵在后面,而一圈穿红色制服的英国军队则挡在前面。那些重新燃起斗志的英国军队渐渐往外推进,起义者则往里推进。塔拉尼斯人就这么被挤在中间,对他们来说,马上还会传来更多糟糕的消息……

空中的侦察艇,肯定已经发现了刚刚暴露的塔拉尼斯,并且报告了它的行踪。现在已经能远远地看见一排黑色的点,那是皇家空军舰队的大型舰队。

阿拉贝拉在找她的"王子"号,最后看到它在广场的东边慢慢滑行。坐在驾驶舱里的那个塔拉尼斯人,正在找一块空地作为起飞跑道。她担心自己赶不上了,所以朝着他全速奔跑,边跑边找她的枪。然后她注意到那个飞行员已经开始恐慌了。因为他穿的灰色制服被一些囚犯发现了,他们从广场的西边朝他恶狠狠地跑去。这时,"王子"号停了下来。阿拉贝拉正对着飞艇跑去,正好停在了还在旋转的螺旋桨片前面,用枪指着那个飞行员的脑袋。直到那会儿,她才认出来是谁死死挤进了驾驶舱的座位:他是个身材高大的秃头——科莫多斯·贝恩身边那个残暴的亲信。

"先生,你还想活命的话,就马上从我的飞艇里滚蛋!"她喊道。这会儿,她都能听见那些囚犯在自己身后不断逼近。

在这种情况下,他似乎只能这样做。他从驾驶舱里挤了出来,跳到了地上,然后尽可能快地跑过广场。一大群身穿蓝色囚服的向他复仇的起义者在后面追他。

阿拉贝拉检查了"王子"号。除了左翼被恐惧之鹰的爪子抓出的凹痕和划痕之外,其他地方都安然无恙,她喜出望外。

几分钟后,本和迈尔斯也到了。在他们身后,有一群看起来很友善的起义者。他们正拖着本的自制飞艇，飞艇的双翼上都绑了绳子。

"我的朋友们，非常感谢，"本高兴地说，"把它放这儿就行了。"

"不用客气！"一个操着浓重德国口音的人说，"福雷斯特先生，希望您见谅，我们的同伴需要我们帮忙，去参加这场伟大的自由之战！"说完，他们扬起帽子向他致意，然后跑着加入广场西边的战斗中去了。

当他们离开之后，本对阿拉贝拉说："这些善良的家伙就在存放我们飞艇的库房工作。有个塔拉尼斯强盗，想要偷走我这艘宏伟的飞船，是他们帮助我制服了他。"

这艘"宏伟的飞船"，看起来就跟阿拉贝拉第一次见的时候一样东倒西歪。

"你确定那个玩意儿飞起来安全吗？"阿拉贝拉怀疑地问。

"飞起来安全吗？"本气急败坏了，"你是在跟我开玩笑吧？这可是一流的自制飞船样本。"他拍了拍生锈的发动机罩，结果发出了令人担忧的咔咔声。也就只有他还能保持随和的微笑。本启动螺旋桨，可是发动机就像个濒死之人一样响了响，然后没声了。他若无其事地耸耸肩。"'草原猎鹰'号是非常棒的机器，不过，它有点儿，呃……喜怒无常。"然后他又猛地启动了几次，发动机这才不大情愿地抖动起来。

阿拉贝拉转向迈尔斯。"嗯，我的小伙伴，"她说，"该把你打包了。"

"女士，在冒了这么多险后，休息一下最舒服了。"迈尔斯说。

"小家伙，一路平安！"本说。

"先生，祝你安好。"

阿拉贝拉关掉了迈尔斯的引擎，把他放进了"王子"号的货舱。然后她爬进驾驶舱，戴上头盔、手套，还有护目镜。尽管之前被火熏过，但是现在还能用。

阿拉贝拉又看了一眼本那个由云杉木和自行车链条制成的咔咔作响的设备，问道："福雷斯特先生，你确定你可以的吗？我还有一个乘客座位，非常欢迎你乘坐。"

实际上，她很难过。因为就要离开他了，而且想到他们可能再也不会见面了。剩下的只有在他怀里的那短暂的改变她一生的回忆而已。

"女士，我没事的，你不用担心。"本一边爬进"草原猎鹰"号那狭小的不稳的驾驶座里，一边对她说。

"你要去哪儿？"阿拉贝拉问。

"我想，去英国。"本这么回答，就好像是才想到这个问题。

"那到时我们还能再见吗？"她问的时候，心脏突然跳得比"王子"号的引擎还要快。

他看着她,脸上的笑容消失了。"女士,恐怕不行了。事实上,我觉得我们不再见面才是最好的。你知道我过的是跟别人不一样的生活。在我的生活里,不能那么轻易地有朋友存在。"

"福雷斯特先生,我完全理解。"阿拉贝拉说。此时,她的心讨厌地沉了下去,但是表面上她还尽量保持镇定,把自己想象成一个铁石心肠的人。

"女士,很高兴认识你。"

"福雷斯特先生,再见了。"

宫殿广场的东边,现在已经空出来了。前面有300码裂开的铺石路面。作为跑道的话有点危险,但是完全可用。

"草原猎鹰"号慢慢地发动起来,加速的时候颠簸不已,直到轮子离开地面。阿拉贝拉看着这架小飞艇,离开塔拉尼斯,飞上了蓝天。她这才咬紧嘴唇,眨了眨眼,流下了一滴泪。

三分钟后,"科曼奇王子"号也离开了塔拉尼斯。天上除了几小块浓厚的、冰激凌状的塔拉尼斯云团外,整个天空呈现出完美的浅蓝色。在攀升到了巡航高度后,她检查了一下读数,计算自己的前进方向。她在那逗留的时候,塔拉尼斯已经朝西移动了,现在位于韦茅斯港的东南方向二十英里处。她的燃料够飞到港口了,在那儿,她能找到个方便降落的场地。

现在,她可以在自己觉得最幸福的地方放松享受了。在塔拉尼斯经历了那两天幽闭恐惧的禁闭之后,重新驾驶着自己的"王子"号,翱翔在晴朗无云的夏季天空,这感觉就像快到天堂了。

但如果她诚实的话,阿拉贝拉并不会像往常那么无忧无虑了——因为,空中之城的经历,就像是在她内心埋下了一把小钩子,已经在她身上留下了记号,皮肤上也留下了烧伤的疤痕。在严刑逼供下,她出卖了国家机密,这已经动摇了她对自己的自信。同时,关于爸爸的忠诚,贝恩也在她心里埋下了一颗怀疑的种子。为了内心的平静,她必须调查,并且否认掉这一点。

还有本·福雷斯特,也在她的心里埋下了另一个钩子。当然,这不是他的错——她还得保留这个钩子,不让外人知道。她不会因为自己曾经见过Z特工而去嘲笑戴安娜,也不会在凯西的面前伤心地坦白。她第一次感受到她觉得是爱的玩意,这必须成为她自己那忧伤的小秘密。如果幸运的话,这爱会随着时间而慢慢消逝。如若不然,那么她就得要学会把它当成一场病,与之相随,直到死去。

在下面很远的地方,空气里回响着一连串可怕的爆炸声。她往下看，塔拉尼斯现在已经在皇家空军舰队的巡洋舰和装甲护卫舰的射程之内，他们正用大炮猛轰这个城市的金属外壳。由巨型螺旋桨推进的护卫舰携带着那亚光黑色鱼雷状的吊舱，悬浮在两个铁壳的气囊下面。多么震撼人心的场景。看到这个，塔拉尼斯的抵抗者会被吓得立马投降的。

尽管，塔拉尼斯最上方的宫殿广场上的战斗似乎仍在继续，但是阿拉贝拉看到在城市低一点的地方已经挂起了白旗，她猜起义军应该控制了那些地方。几架英国的运输机停靠在了边缘，大批起义者和塔拉尼斯的囚犯正聚集在那里等待撤离。

阿拉贝拉把注意力转向前方，这时她看到了"草原猎鹰"号就在前面大约1英里的地方，这让她小小兴奋了一下。它正在以那种缓慢的古怪的方式，轰隆隆地飞着。方向和她基本一致，都是朝多塞特海岸飞去。她本没有打算要去追上本，不过要是他还是飞得这么迟钝的话，那是肯定会赶上的。所以她决定当自己飞过的时候，给他送去一阵随意的气流。但在她还没有行动的时候，就发生了一件令人吃惊的恐怖事……

第三十八章　死亡天使

阿拉贝拉身后的阳光里，有个黑色的影子正朝北飞来，速度极快。这是她留意到的第一件事。当影子从她头顶掠过时，引得"王子"号一阵摇晃，她这才认出了那闪光的金属双翼。原来那是贝恩之前营救奥丁时开的那架小型的恐惧之鹰。此刻，它正直奔"草原猎鹰"号而去。

阿拉贝拉打开节流阀，想要赶在恐惧之鹰之前先追上本，但她的速度比不上巨鹰。战机飞速地靠近他那架摇摇晃晃的机器，然后占据了他尾部后面的位置。当巨鹰张开嘴，喷射出火焰包裹了"草原猎鹰"号尾部的时候，阿拉贝拉只能惊恐地眼睁睁地看着这一切的发生。"草原猎鹰"号的尾部冒着火焰和浓烟，向前倾斜，近乎垂直地螺旋下坠。

"草原猎鹰"号不断下坠。阿拉贝拉以最快的速度去追它，同时祈祷本之前装备了降落伞，现在能用它来逃生。

就在所有的希望都要破灭时，她看见受袭的飞艇里爬出一个人影，其身后有一大块在风中鼓胀的白布。"草原猎鹰"号继续朝下面的海洋径直坠落的时候，风为降落伞灌满了气。温暖的气流带着本往上升。阿拉贝拉看见他沉着地在扇形圆顶的白色降落伞下飘着。他会没事的。因为她一回去就会通知海岸警备队，他们会把他捞起来的。

但此刻，贝恩和奥丁仍然驾驶着恐惧之鹰像秃鹰一样盘旋在本的上方。他们如今已经失去了一切，只剩下仇恨、愤怒和复仇的欲望。这时，巨鹰再次向下俯冲，它喷出的火就像是亮黄色的耀斑。然后她看到本的降落伞着火了。他在自由坠落，但是现在的高度太高了，他活不下来——从这个高度掉到水里，就像是掉在地上一样。

她现在离他已经非常近了——只有50码，或者更近——这时，她心中酝酿了一个孤注一掷的计划。这可真是个疯狂的想法。她知道在短暂的飞行史中，还没有人这样做过，而且她也只有一次机会！靠近得太快或者太慢，都将带来灾难性的后果。

她又一次估计了两个人之间的距离，然后驾驶着"王子"号，进行一次大角度的快速俯冲，所有的操作都达到了极限。引擎发出尖叫声，她脑袋里的压力就好像是老虎钳一样，整个世界变成了一条烟雾缭绕的黑边的浅灰色隧道。在数到八的时候,她把控制杆往后拉,眨眨眼,朝着驾驶窗外看。正如自己所愿,现在她的位置就在本的下面,但是不是太近了点?

可现在已经没有时间来调整了。当她把轨道改为水平飞行时,本就在她的上面,化为一个往下暴跌的黑色身影。他正朝着她的螺旋桨坠落下来——好像就要直接掉到里面去了!她计算失误了——这下他要被绞成碎片了!

就在最后一秒的时候,他似乎被一个空气垫子弹了起来——"王子"号自己的强大气流——把他往上推,甩在了驾驶舱的罩子上方。阿拉贝拉立马伸长了脖子,看见他就在机尾前面的机身上四仰八叉躺着,一动不动。他摔死了吗?

她往后滑开舱罩,一股震耳欲聋的气流冲过来。她大叫:"福雷斯特先生!先生!"但是这声音就像是飓风当中老鼠的吱吱声。她又去够他张开手臂的袖子,但是离得太远了,够不着。他的手在动吗?还是风吹的?关上舱罩后,她调节节流阀减速,尽可能地让"王子"号保持缓慢的水平飞行。本毫无意识地躺在飞机后面,所以她将要进行人生当中最缓慢最平稳的一次着陆。她祈祷,希望风与天空之神都能保佑他的安全。

这时,一个黑影飞扑下来——一束阳光照在钢铁上。它张开嘴巴,吐出火舌——一股强烈的热浪袭击了她,机罩玻璃被熏黑了,朝里面凸起。她倾斜转弯,想要逃离恐惧之鹰。但在那一秒,她忘了自己的飞艇上还有一位乘客……

本!

她伸长脖子,想要看看本是不是还在那里。可是她发现他已经不在了,内心顿时涌起一阵绝望。本不见了!他掉到海里去了!

阿拉贝拉忍住泪水,大幅提升速度,弧形扭转飞艇,这样她就能爬升到恐惧之鹰的上方了。她掉转机头,朝着这只钢铁巨鸟冲去。此时她感到了身体里涌动的愤怒和"王子"号引擎不断发出的嘎嘎声。捕食者很快就会成为猎物了。此时的她已经变成一颗飞向敌人的复仇的子弹,一个死亡天使。恐惧之鹰已经进入了射程。当它那闪闪发光的尾羽占满瞄准器的时候,她的拇指按下了发射按钮。

砰!砰!砰!

此刻,她看到詹宁斯蒸汽大炮发出的炮弹,准确地击中了目标,她的心中充满了复仇的满足感。恐惧之鹰的尾部被炸掉很多块,钢铁的羽翼起火了,内部浓烟滚滚。这只巨鸟狂乱地拍动着翅膀,就像石头一样往下坠落。在那一刻,她想看看恐惧之鹰驾驶舱内的场景,如果没有照片,用迈尔斯神奇的西洋镜展示其中的一幕也可以。她想看看,当飞行员和他尊敬的乘客意识到他们的贪婪、仇恨和残忍的生活最终给他们带来了什么的时候,那被吓得手足无措、目瞪口呆的样子。但是因为担心会失望,所以这样的场景还是留给想象吧。她满足地看着这只金属巨鸟在下方慢慢缩小成一个微不足道的发光斑点。

阿拉贝拉看着恐惧之鹰往下坠，心想，要是它掉进海里，自己可能还能看到溅起的水花。这时候，有人紧急地敲打舱罩的玻璃。她转过头，在窗户上看到本·福雷斯特的脸，她几乎晕厥了过去。而他正咧着嘴对她笑，还向她挥了挥手，另一只手正紧紧握着飞艇的左翼。

"女士，我记得你说过，还给我留了一个乘客的座位。"阿拉贝拉打开舱罩后，本大声地说。

阿拉贝拉一时不知道是该笑还是该哭，结果她是又哭又笑。她的护目镜里面蒙上了水汽，都对飞行产生严重的影响了。

他安全地上了飞艇，绑到座椅上，感谢她。"刚才你表演的真是疯狂的特技，"他说道，"不过也是我见过的最好的一次飞行了。"

"我早就跟你说过，你那个机器不安全的，"阿拉贝拉抽泣着说，"嗯，先生，福雷斯特先生……"她一时竟不知所措地说不出话来了。

他往前靠了靠，摸着她的肩膀。她也暂时松开了控制杆，抬手紧紧地握着他的手。

几分钟后,韦茅斯港的峭壁和海滩就在眼前了。阿拉贝拉在距离普雷斯顿乡村不远的一块草地上降落。

他们俩都从飞艇里爬了出来,尴尬地面对面站着。本看起来一团糟。衣衫褴褛,脸上被浓烟烧伤了还有淤青,手臂上绑着绷带。他往前走,拥抱了她。她也抱着他,不过对自己的热情感到惊讶。"我还以为你死了。"她耳语道。

"当时我也是这么想的,"他说,"但是你能把我从空中救下来,我是不会放弃的。女士!我有一会儿还挂在你的起落架上呢!"

阿拉贝拉不想让这一刻结束。可是当她感觉到他推开自己的时候,她也后退了一步,尽量让自己镇定下来。

"如果你需要的话,"她说,"我们可以一起到村子里去。如果你要去伦敦的话,我们看看怎么转去那里。"

本笑了笑,摇了摇头。"女士,不用了。我要去试试……(他环顾四周,然后看着北边旷野的风景)……那条路。"

"那是哪里?"

"不知道。"他欢快地说。

"但是你所有的补给和设备都丢了。"她说。

"我喜欢轻装旅行。"他伸出手,"嗯,女士,再一次感谢你为我做的事,也再说一次,再见。"

她正式地握了握他的手。

"福雷斯特先生,再见了。"

第三十九章 对话

下午稍晚,阿拉贝拉回到了她在皮姆利科的公寓里。她很饿,又迫切地想洗澡,但是在那之前,她得先联系艾米琳。所以她用安全的以太波频率联系了她办公室的通信器。

"你还活着,谢天谢地呀!"姑姑在听到她的声音后说。

"碧翠斯呢?"阿拉贝拉第一个问题就问这个。

"她没事,"艾米琳说,"她用降落伞逃生了,大约一个小时之后就被拖网渔船救了起来。"

听到这里,她长呼一口气。

"明天早上九点,你得来一趟米尔班克大厦,做个完整的情况说明,"艾米琳说,"但是我现在急切地想知道你这两天的经历。你是不是跟环绕空中之城那个云团的消散有关?"

"是的。"

艾米琳正等着她继续往下说,可是阿拉贝拉发现她说不下去了。因为只要她开始讲,那她就有可能停不下来了,最后还会哭着说完,但这一点她是不允许的。最后,阿拉贝拉说:"福雷斯特先生也在那里。"

"福雷斯特先生?"艾米琳重复一声,听起来有点不解。

"是本·福雷斯特……Z特工。"

"呀!"艾米琳窃笑道,"这个小伙子最近就是这么称呼自己的吗?"

阿拉贝拉一直都站着,这会儿走到躺椅边坐了下来。"那他的真实姓名叫什么?"她静静地问。

"没人知道,"艾米琳说,"也有可能是叫本·福雷斯特,或者是杰弗逊·布莱克伍德,也有可能是在我们之前的接触过程中,他用过的十几个名字中的任何一个。如果你想要真相的话,那他就是个谜……不管怎么样,阿拉贝拉,你干得不错。不过戴安娜对你不是特别满意。她之前告诉我,你私自飞进云团,违背了命令。但是我认为我们可以忽视你在这种情况下的小小的不服从行为。你把空中之城完全暴露给了皇家空军舰队,挽回了大局。我们的大型炮艇一到,那些海盗很快就投降了,我们的突击部队也得以继续前往法国。我还在等着宙斯行动的消息——明天我们见面的时候,我会给你一个完整的报告。很大程度上得益于你的努力,我们才会获得如此巨大的成功。阿拉贝拉,希望你为自己而自豪。我知道你的爸爸也肯定会的！好吧，那我们明天见——"

"姑姑？"在艾米琳终止通信之前，阿拉贝拉叫她。提及她的爸爸，让她想起点事儿。

"嗯？"

"在澳大利亚皇家海军'尼尔森'号上，有没有一个叫艾伦森船长的？"

艾米琳停了会儿说："有的，他是指挥官。"

"他有没有可能认识我爸爸呢？"

"当然可能了。我的意思是，他们都在同一个圈子里活动。你为什么问这个？"

"哦，没啥……明天见。"

阿拉贝拉挂掉了以太通信器。

她在躺椅上坐了良久，看着对面墙上她爸爸的画像，然后起身去洗澡了。

第四十章　值得付出生命的飞行

英国帝国特工部总部——米尔班克大厦，位于伦敦中心泰晤士河附近的一条满是高大灰色建筑的街上，它的建筑风格也是如此。从外形来看，路过的人不会猜到它的重要性。就像是在里面工作的间谍那样，它既隐秘又谨慎。

在八点四十五分的时候，阿拉贝拉穿过前门到达大厅。在那里保安跟她打了招呼，然后她乘坐电梯到了最高层。电梯门开的时候，艾米琳正在走廊里等她，身边站着戴安娜、凯西还有碧翠斯。见到苍穹姐妹团的伙伴们，阿拉贝拉特别高兴——尤其是见到碧翠斯——但是，看到她们脸上严峻的表情时，她的笑容僵硬了。甚至连凯西都没有看她一眼。

"怎么了？"阿拉贝拉喊道，"发生了什么？"

"现在没有时间解释，"她的姑姑说，"乔治爵士正在等我们。跟我来。"

她们沿着走廊快速地朝着乔治·贾勒特爵士的办公室走去,凯西轻声对阿拉贝拉说:"亲爱的贝拉,那恐怕是一场灾难,法国人早预料到我们……"

她还没有时间说更多的东西,她们就已经到办公室了。每个人都坐在正对乔治爵士办公桌的古朴的木椅子上。

她们进来时,乔治爵士正站着。他双手戴着黑色手套,紧握着桌沿,冷冷地盯着她们每一个人。他看起来既紧张又愤怒——阿拉贝拉甚至都能看见他的秃头上青筋暴突。

"女士们,你们好,"他简略地说,"我很抱歉地通知大家,宙斯行动大溃败了。"说完,他按下了桌子上的一个按钮,房间的灯光变暗了。一块白色的屏幕从镶在他办公桌后面的橡木墙的前面滑下来。由抛光过的柚木和黄铜制成的投影仪,悬挂在天花板上,现在开始呼呼地运转起来,屏幕上出现了英吉利海峡的地图。地图上显示,一队小小的红色飞艇正缓慢朝着法国北部的海岸向南航行。

"我们的特遣部队在距离韦茅斯以南20英里处,受到了恐惧之鹰的攻击,"他用一根白色的棍子,指着空中之城的位置说,"这几乎是个致命的打击。但是,得益于阿拉贝拉女士出色的工作,覆盖城市的云团消散了,我们得以锁定并且营救旗舰和随同的军舰。"

他给了阿拉贝拉一丝微笑,点了点头表示赞赏,然后又转身看着地图。"与空中之城的交战耽误了我们几个小时,但我们暂时还是对胜利充满信心的,特遣队也继续向这里的格兰维尔前进。"他挥舞着棍子指着一个港口,黑色的图标显示出法国入侵舰队正在那里聚集,"然而不幸的是,法国人肯定提前知晓了我们的行动,我们在瑟堡东部,被'狙击'号军舰和'德萨利纳'号军舰的军队伏击。这是一场溃败。每一艘军舰都被毁了,包括旗舰澳大利亚皇家海军'尼尔森'号。"

阿拉贝拉盯着屏幕看。她看到一个黑色的影子从瑟堡半岛顶端冲出来,就像鲨鱼群围住了一群鱼一样,包围了英国空军中队的飞艇。此时,她满含泪水。飞艇一艘接着一艘消失了。虽然现在从地图上看来是如此客观,但是每一个红色的图案都代表着成百上千的人啊——那些她见过的在塔拉尼斯的宫殿广场上奋勇杀敌的人。她想象着,当他们看到熊熊燃烧的船只坠入海中时,他们的尖叫呼喊声。

"长官,还有幸存者吗?"凯西也强忍泪水问道。

"少数几个被格恩西岛上的渔民救起来了,"乔治爵士说,"目前他们正在军事医院,等候汇报。"

"怎么会发生这样的事呢?"戴安娜问。

"问得好,"乔治爵士说,"如果没有内部情报,法国人不可能提前计划这次反击。我只能断定,我们的队伍中有人给他们提供了情报。要是你们中有人知道任何消息,可以帮助我们铲除这个内奸的话，必须马上通知我。"

这时，他轮番朝着她们每个人看，房间里静得可怕。阿拉贝拉能感觉到他冰冷的眼神，她在想着他是不是怀疑自己背叛了国家。她是否该把科莫多斯·贝恩说的话告诉他——有关她的爸爸和艾伦森船长的事？然后，她决定还是不说了。因为贝恩显然是个骗子，而且她也不想散播对自己爸爸的诽谤。至于艾伦森的话，他不可能把自己带头执行的任务告诉法国人。他可能是个虐待狂，但是他还不至于叛国。

"那'泰坦'怎么样了？"碧翠斯静静地问。

乔治爵士叹了口气，摇了摇头："我们必须清楚，在这一次事件之后，法国会加快准备以太盾以及进攻的速度。我们已经失去了抵抗力，现在也没有时间发起下一轮反击了，就算反击也不能保证会成功。所以女士们，你们就是我们最后的希望了。这也是为什么今天早上我把你们召集到这儿来的原因。现在，我要把你们交给艾米琳。"

乔治爵士站到旁边，给苍穹姐妹团的领导让了位置。

"谢谢长官。"艾米琳站起来走到屏幕区说。她按下了桌子上的按钮，屏幕上就呈现了格兰维尔的地图，这个法国军事港口的鸟瞰图。阿拉贝拉在上面看到了一系列复杂的部署，有码头、防波堤、飞艇系泊塔、大炮组、巨大的机库和仓库。

"姐妹们，"艾米琳说，"我们此次的任务是潜入这个港口,找到并且摧毁以太盾生成器。我们不知道它在哪里,但是可以猜到,它和'泰坦'就在其中的某个机库里。我会和你们一起执行此次任务。如果想要成功完成任务的话,我们就要竭尽所能——更不要说还需要大大的运气了。我们知道旗舰和以太盾生成器肯定有着严密的防守,但我们只要找到弱点,即使是最好的防御也会被攻破。我不能夸大此次任务的重要性。但是,'泰坦'装备上以太盾的话,那我们这些岛上现有的武器没有一种可以阻止它。到时候,我们的城市和村镇就会完全任由它摆布。你们得知道,这是你们人生中最重要的事情,你们的国家现在也最需要你们。没有时间浪费了,我们今晚就出发。"

灯光亮起来了,屏幕消失了。阿拉贝拉目瞪口呆,从姐妹们的表情来看,她们也是这样。

"现在出去呼吸点新鲜空气,"艾米琳说,"想想我刚才说的话。一个小时后,到这里集合,我们做个详细的任务说明。"

阿拉贝拉和凯西,沿着泰晤士河的河堤走着。她们都没法表述自己的情绪。她们一路上走过碉堡、防空洞、探照灯和高射炮——这些都是城市为了防止空中入侵而做的准备——阿拉贝拉感觉到肩膀上的压力更重了。这个城市的未来，整个国家的未来都依靠她和其他四个女孩子了,这似乎不大真实。

"凯西,就是这次了!"她最后终于开口,"这次任务将会定义我们的人生。"

"我既兴奋又害怕。"凯西坦白道。

"我也是的,"阿拉贝拉说,"你明白我们可能会死的……"

凯西耸耸肩:"我们可能命中注定活不长久……尽管我还是很想有这个机会的。我觉得……要是我们能活下来,我想学埃及的象形文字。"

"象形文字?"阿拉贝拉惊讶地说,"我不知道你对那个感兴趣。"

"嗯,"凯西说,"我从很小的时候就很喜欢象形文字。那个有名的埃及学者,屋大维·平克顿博士是我爸爸的朋友……贝拉,你呢?你想要过什么样的生活?"

阿拉贝拉想了想。"肯定得跟飞行有关,"她说,"要是离开'王子'号,我就没法活了。不过我也想去学法语,说得像戴安娜一样好,去学象棋,下得跟我爸爸一样棒,然后看一场日食,骑骑马,还想穿着潜水服去海底探险。如果有时间的话,我想做太多事情了。不过要是在能活得够久做完那些自己想做的事,和为了救自己的国家而英年早逝之间做出选择的话,那就不用选了。救国肯定是放在第一位的。"

"我完全赞同！"凯西笑道。

"我想我们还是回去吧。"阿拉贝拉说。

在她们回米尔班克大厦的路上，她瞥了一眼自己的朋友，看见凯西流下了一滴泪。阿拉贝拉假装自己没看见，抬头看了看天空。天上的云团是白色蓬松的——风很稳定，也不太强劲。这真是一个适合飞行的好夜晚。

"科曼奇王子"号
(航空蒸汽飞艇 型号 XVI)

1 橡胶织布
2 螺旋桨
3 降落伞（驾驶舱内）
4 高牵引发动机2台
5 离心发动机2台
6 暗式磁炮
7 蒸汽冷凝器
8 钛板护盾
9 鼻锥
10 蒸汽轮机
11 "代达罗斯"橡胶轮胎
12 可选尾翼设计
13 可选直翼
14 圆形尾翼
15 罗纹组织机翼

"科曼奇王子"号
〈航空蒸汽飞艇 型号 XVI〉